suhrkamp taschenbuch 3322

Ob er vom Elend der Fußballprofis spricht oder von einer merkwürdigen Reise mit der Eisenbahn durch Ägypten, ob er über das Leben in New York plaudert oder von einem alten Briefträger berichtet, der seine Briefe wie eine persönliche Gunst austrug: Peter Bichsel erzählt seine Geschichten aus dem Alltag ohne große Moral, aber mit einer kleinen, meist gut versteckten Lehre. Er will nichts erklären, keine Sachverhalte bis ins letzte Detail ausleuchten, nein, ihm geht es nur ums Erzählen.
In den hier versammelten Kolumnen – entstanden zwischen 1990 und 1994 – berichtet Bichsel nicht vom raschen Hin und Her des Zeitgeistes, sondern von Menschen, die ihm begegnen und deshalb für wichtig und ernst genommen werden müssen. In den Kolumnen fühlt sich der Leser an die Hand genommen, ja es kann der Eindruck entstehen, diese Sätze seien einzig für ihn geschrieben. Und genau das ist das Schöne, das Eigentümliche und Bezwingende am Schreiben Peter Bichsels: der unbedingte Wille, seine Beobachtungen und Gefühle wie seine Nachdenklichkeiten mitzuteilen und den Leser aufmerksam zu machen auf seine Verluste – oder auch bloß auf die vielen Ungereimtheiten um ihn herum.
Peter Bichsel, 1935 in Luzern geboren, lebt als freier Schriftsteller bei Solothurn.

Peter Bichsel

Gegen unseren Briefträger konnte man nichts machen

Kolumnen 1990-1994

Suhrkamp

Umschlagfoto:
Deutsche Postreklame, Frankfurt

suhrkamp taschenbuch 3322
Erste Auflage 2002

Druck: Nomos Verlagsgesellschaft, Baden-Baden
Printed in Germany
Umschlag nach Entwürfen von
Willy Fleckhaus und Rolf Staudt

1 2 3 4 5 6 – 07 06 05 04 03 02

Kolumnen 1990–1994

Organisation ist alles

Ich habe nicht die Absicht, umzuziehen. Ich werde wohl, wenn alles gut geht, da bleiben, wo ich bin. Trotzdem quält mich der Gedanke, umziehen zu müssen. Und ich mache – ohne umziehen zu wollen – dauernd in meinem Kopf Planspiele, wie das vor sich zu gehen hätte, und ich stelle fest, es wäre einfach unmöglich – all dieses Gerümpel, all diese Umstände, all diese Schwierigkeiten.
In Wirklichkeit – das weiß ich – wäre es einfach: Andere konnten und können das auch, und es gibt für alle organisatorischen Schwierigkeiten Organisationen, die es gegen Bezahlung tun. Hinterher würde es einfach gewesen sein.
So einfach – so beleidigend einfach –, wie es war, die Eltern zu beerdigen. Ich wünschte mir immer, vor ihnen zu sterben, damit mir diese riesigen Umstände des Organisierens erspart blieben. Und dann waren es beleidigend kleine Umstände, weil alles so organisiert ist, daß alle es können – und wenn es bis jetzt alle gekonnt hatten, dann konnte ich es wohl auch.
Ich erinnere mich an die erste Schulreise vor 35 Jahren, die ich als Lehrer zu organisieren hatte: Umsteigen und Essen und Schiff und Bahn, und

schließlich ging ich am Tag zuvor zum Bahnhof, bestellte das Kollektivbillett, und am anderen Tag fanden wir in Zürich, in Zug, in Arth-Goldau einen Wagen mit einer Tafel »Primarschule Lommiswil« – das hat mich fast erschüttert, und ich fragte mich, wer das tut, so schnell so exakt und so selbstverständlich. Und getan hat es wohl eben die SBB – einzelne Menschen zwar, aber doch eher eine Organisation.

Ich kann mir nicht helfen, beim Gedanken »Umzug« stelle ich mir immer noch vor, daß ich meine Möbel und mein Gerümpel auf einen Handkarren zu laden und durch die ganze Schweiz zu ziehen hätte, und wenn ich an Beerdigung denke, dann denke ich daran, daß ich ein Grab schaufeln müßte.

Ich fürchte mich vor Organisation, und ich meine damit nicht nur, daß ich selbst nicht organisieren kann, sondern ich stehe staunend vor jenem modernen Koloß, der alles organisiert: Umzüge und Beerdigungen, Ferienreisen in die Südsee, meine Steuern und meine Zivilschutzpflicht, meine Versorgung mit Lebensmitteln – ich habe die Kartoffeln nicht beim Bauern zu holen, ich könnte heute noch zum Reisebüro gehen und käme morgen, übermorgen auf einer Südseeinsel an, und mein Name wäre dort im Computer.

Das ist bequem und gut so, und ich möchte es auch

nicht anders haben (und als ich dann doch mal in Prag nicht im Computer war, habe ich fast geweint) – aber eben, das alles läßt mich so sehr staunen, daß es mich auch erschreckt.

Plötzlich stelle ich fest, daß ich eigentlich mit nichts etwas zu tun habe, weder mit meinen Reisen noch mit »meinen« Beerdigungen, noch mit »meinen« Geburten, mit »meinen« Lottogewinnen, mit meinen Steuern, mit meiner Sehnsucht – alles Organisation.

Nun könnte ich zwar gut – ich tu es nicht – zu Fuß und ohne Organisation von Solothurn nach Olten gehen, sogar ohne Grund – aber Amerika zum Beispiel war schon zu Zeiten von Kolumbus nur mit Organisation und Organisationen zu erreichen, und ich gehe nächstens nach Amerika, und ich verlasse mich auf die Organisation und werde wohl bei der kleinsten Unregelmäßigkeit schon fast zusammenbrechen.

Nein, ich habe gar nichts gegen Organisation. Ich fürchte mich nur vor der Selbstverständlichkeit, mit der wir sie benützen, vor der Selbstverständlichkeit, mit der sie angeboten wird.

Organisation ist keineswegs eine Erfindung unserer Zeit, aber unsere Zeit hat die Mittel, sie total zu perfektionieren, und plötzlich besteht unser Leben nur noch aus Bestellen und Kaufen und Abrufen.

Und ich meine damit nicht die Angst vor dem Computer, nicht die Angst vor Machtmißbrauch. Ich meine nicht einmal die Ohnmacht der Menschen. Ich meine Entfremdung – entfremdete Arbeit, daran hat sich die Mehrheit der Arbeitenden bereits gewöhnt: tun zu müssen, was man nicht einsehen kann. Schon längst aber hat die Entfremdung unser ganzes Leben ergriffen, und plötzlich erscheint uns alles Organisierte als so etwas wie Natur. Und dann ist halt auch der Staat etwas, das einfach geschieht, und die Ferien geschehen und die Kriege. Und Panzer loszuschicken und Panzer bauen zu lassen, wird so einfach wie die Buchung auf dem Reisebüro, und weil es so einfach ist, ist auch keiner so recht daran beteiligt – die Aktiven nicht und die Passiven nicht. Und wir stehen da und staunen wie Kinder, daß es funktioniert. Aber leben wie Kinder, das mißlingt uns.

Der geliebte Rucksack-Käser

Über ihn gibt es eigentlich fast nichts zu erzählen. Ich erinnere mich nicht daran, daß er je etwas zu mir gesagt hätte, ich erinnere mich nicht daran, daß ich je etwas zu ihm gesagt hätte. Ich erinnere mich nicht an seine Stimme, und es kann sein, daß auch das Gesicht, das ich in Erinnerung habe, nicht seinem Gesicht gleicht. Aber er hatte einen Namen, und den Namen hatte ich wohl für ihn erfunden: er hieß Rucksack-Käser. Dies, weil mein Vater zwei Arbeitskollegen hatte mit dem Namen Käser. Der eine offensichtlich ein zuverlässiger und guter Kollege und auch ein Freund meines Vaters – das war der Käser – und der andere ein eigenartiger, er hatte die Eigenart, stets einen Rucksack zu tragen, und deshalb nannte ich ihn den Rucksack-Käser.
Und das einzige, was ich über ihn sagen kann, ist, daß ich ihn liebte – daß ich so sein wollte wie er, daß ich so sein wollte, daß ich ihm gefallen hätte. Er war – so schien mir – ein richtiger Mann. Er war sehr still und etwas gebückt, und mein Vater sprach mit ihm anders als mit anderen, und nach jedem Wort war der Rucksack-Käser noch etwas stiller und etwas gebückter. Und das ist schon alles, was ich über ihn weiß, und so lohnt es sich wohl nicht, über

ihn zu erzählen, und ich belästige wieder einmal meine Leserinnen und Leser mit Belanglosem.

Die Sache mit dem Rucksack-Käser ist jedenfalls nicht dringend. Ich hätte sie schon vor Jahren erzählen können oder auch Jahre später. Und vielleicht ist es nur meine Erinnerung an seinen Namen, was ihn für mich so wichtig macht: Rucksack-Käser. Und vielleicht ist er nur so wichtig, weil ich ihm einen Namen gegeben habe. Er war der erste Mensch, den ich benannt habe, dem ich einen Namen erfunden habe.

Ich war drei- oder vierjährig damals, und ich liebte den Rucksackkäser ganz herzlich, ohne jeden Grund.

Er war im Unterschied zum anderen Käser der Käser mit Eigenschaft.

Es gibt einen hier in der Stadt, der gleicht ihm – ein stiller Trinker, ein Handwerker – Gipser –, ein wortkarger Mensch. Einer jedenfalls, dem man die Geschichte vom Rucksack-Käser nicht erzählen könnte. Wem könnte man diese Geschichte schon erzählen, diese Geschichte, die gar keine ist.

Ich habe noch selten ein Wort mit dem Gipser gesprochen. Ich habe ihm nur einmal gesagt, daß er jemandem gleicht. Aber das hat ihn – wohl zu Recht – nicht interessiert.

Trotzdem, ich freue mich jedes Mal, wenn ich ihn

treffe. Ich mag ihn sehr, und auch ihn ohne jeden Grund, das heißt, ohne daß er dafür verantwortlich sein könnte.
Denn ohne Grund eigentlich nicht – er erinnert mich an eine Zeit, als ich die Menschen noch gern hatte, als es mir noch gelang, einen Menschen zu benennen – mit einem Namen in meine Welt aufzunehmen – und zu lieben, so wie ich wohl damals meine Welt liebte.
Erst Jahrzehnte später fragte ich meinen Vater einmal nach diesem Rucksack-Käser. »Ein Nichtsnutz«, sagte er und lächelte, und das Lächeln sah aus, als ob auch er sich nicht nur ungern an ihn erinnerte. Aber was er von ihm erzählte, das war nicht viel Positives, ein Trinker halt, ein Rotweintrinker, der montags selten arbeitete und oft die ganze Woche nicht. Einer, der wohl seine ganze Habe im Rucksack hatte – ein Einsamer.
»Aber er war doch immer wieder bei uns zu Hause«, sagte ich.
»Nein«, sagte er, »mehr als zwei-, dreimal kannst du den gar nicht gesehen haben, und wenn er kam, dann kam er nur, um mich anzupumpen, und meistens auch sehr betrunken.«
Das überraschte mich, denn ich hielt ihn für einen richtigen Mann, für einen Stillen und Starken. Das war er offensichtlich nicht. Und mein Vater erzählte auch, daß er vielen Leuten viele Sorgen

gemacht hatte – sich selbst auch – und daß er ein böses Ende genommen hatte.
Vielleicht war er einer, der von sich glaubte, auf dieser Welt zu nichts nütze zu sein. Und er wird wohl nie davon erfahren haben, daß er von einem kleinen Kind herzlich geliebt wurde, daß das damalige kleine Kind ihn bis heute nicht vergessen hat und daß es inzwischen auch eine (kleine) Neigung zu rotem Wein hat und sich inzwischen auch schwer tut mit Lieben und Geliebtwerden.

Wir tun, was wir können

Es ist eine etwas mißlungene Formulierung, wenn der Instruktor im Zivilschutz sagt: »Osteuropa ist wieder im Kommen.« Und er hält auch inne hinterher und ist wohl selbst nicht sehr zufrieden. Er meint nämlich nicht etwa, daß es in Osteuropa besser gehe, sondern eben schon wieder schlechter, er meint, das Feindbild sei wieder im Kommen; denn er fürchtet, jemand könnte am Sinn des Zivilschutzes zweifeln.

Im übrigen spricht man im Zivilschutz nicht mehr so gern von kriegerischen Ereignissen. Der Atomkrieg hat inzwischen als Argument ausgedient. Mit ihm wurde der Zivilschutz jahrelang verkauft – nun hat er sich anders zu begründen.

Nun braucht man eben andere Argumente. Der Instruktor erzählt von einem Vortrag des Brandschutzspezialisten einer großen Chemiefirma in Basel (er nannte den Namen der Firma), der erklärt hätte, daß jederzeit, in jeder Minute eine große chemische Katastrophe in der Schweiz möglich sei.

Da spricht doch die chemische Industrie sonst ganz anders, nämlich dann, wenn sie sich selbst zu verteidigen hat. Aber hier geht es nun mal um den

Sinn des Zivilschutzes, und dafür braucht man eben eine möglichst große Gefahr. Zuerst kommt die Sache – nämlich der Zivilschutz –, und erst dann wird eben zu seinen Gunsten argumentiert.

Ich war letzte Woche zum vierten Mal dabei – furchtbar lange drei Tage – und habe wieder fast nichts anderes gehört als Verteidigungsreden für die Sache des Zivilschutzes.

Das ist in der Schweiz so Brauch: Die Institution verteidigt vorerst mal dauernd sich selbst. Sie fürchtet sich, wenn der Osten nicht mehr so recht im Kommen ist. Und wenn schon die Schweizer Atomkraftwerke sicher sein sollen, so sind es ganz sicher die ausländischen nicht. Sie haben sozusagen die Funktion, nicht sicher zu sein.

Die Frage, ob Zivilschutzverteidiger für oder gegen Atomkraftwerke seien, ist eine zynische und bösartige Frage. Sie müssen wohl dafür sein, daß sie gefährlich sind, und sie müssen dafür sein, daß es sie geben muß. Ein schwieriges Leben, wenn man sich einmal einer Institution verschrieben hat.

Nun sprach man in den Pausen auch von anderem, etwa von Europa (von West- und Ostdeutschland, so heißen sie nun wieder) und von 1992, von der EG und davon, was da alles auf uns zukommen könnte, und dann auch davon, daß unser Parlament, unsere Regierung völlig hilflos diesen Entwicklungen gegenüberstehen und abwarten und ein bißchen hoffen. Und dann die Frage, was könnten sie denn eigentlich tun, und keinem fiel eine Antwort ein, auch mir nicht. »Alles zu spät«, sagte einer, »was wir jetzt auch immer tun, es ist zu spät.«

Der Zivilschutz-Instruktor hat auch gesagt: »Wir können nicht einen Zivilschutz aufbauen, wenn es soweit ist – wir müssen vorbereitet sein, und wenn wir die Vorbereitungen nicht brauchen, dann um so besser.«

Das könnte doch auch ein Satz sein für unsere Politik, für unsere Außenpolitik, Wirtschaftspolitik, Sozialpolitik. Oder müssen wir es bereits in der Vergangenheit formulieren: »Das hätte doch auch ein Satz gewesen sein können.«

Daß Krieg eine Folge von schlechter, von unmenschlicher, von ungenügender Politik ist, das wissen wir. Krieg ist viel einfacher zu bewerkstelligen als Politik. Ist vielleicht auch Landesverteidigung einfacher zu bewerkstelligen als Politik? Ist es wohl doch einfacher, ein Land zu verteidigen als es zu machen? Ist Armee vielleicht doch einfacher als Demokratie? Sind wir aus diesem Grund ein Landesverteidigungs-Staat geworden? Nämlich weil uns plötzlich die Demokratie zu kompliziert wurde?

Ich weiß, der totale Krieg und die totale Verteidigung, das ist nicht ganz dasselbe, aber die Frage: »Wollt Ihr die totale Verteidigung?« wurde in diesem Land in den Siebzigerjahren gestellt. Sie hieß zwar nicht »totale« Verteidigung, sondern Gesamtverteidigung.

Das Elend in unserem politischen Denken begann mit diesem Begriff.

Die Fichen und Akten der Bundespolizei dienen dem genaugleichen Zweck wie die Fichen des Militärdepartements. All diese Fichen sind Gesamtverteidigungsfichen. Die Eiterbeulen, die jetzt platzen, sind die Folge der vereinfachten Politik – statt Politik nur noch Verteidigung.

Es gibt in der Schweiz Regierungsräte, die militärische Kommandos haben und im Ernstfall einrükken müßten – man bräuchte also im Ernstfall den Staat nicht mehr. (Die Lokomotivführer würde man noch brauchen, die sind vom Dienst freigestellt.)

Selbst der Generalsekretär des Militärdepartements hätte einzurücken, weil er einer Brigade vorsteht. Man hätte also im Ernstfall die politische Kontrolle nicht mehr nötig.

Die harmlose Antwort darauf heißt: »Vielleicht glaubt der Generalsekretär nicht an einen Ernstfall, und im Frieden kann er ja beide Ämter ausüben.«

Diese Antwort wird der Generalsekretär nicht akzeptieren. Welche dann?
Vielleicht diese: Wir haben Europa verpaßt, eine neue Welt bedroht uns – nicht etwa militärisch, sondern politisch –, und wir können nur Gesamtverteidigung. Und in diesem Zusammenhang dann die Politikerantwort: »Wir tun, was wir können.«

Vom Elend der Profis

Nein – über Fußball will ich jetzt und hier nicht schreiben. Aber ich schau mir die Spiele schon an – mit Freude und mit Schadenfreude, mit Interesse und mit Besserwissen.

Dummerweise und durch Zufall bin ich zum Profi geworden. Ausgerechnet in dieser Zeit der Weltmeisterschaften, wo sich ohnehin Professionalismus in den verschiedensten Formen der Lächerlichkeit aussetzt.

Ein Profi ist einer, der gelernt hat, zu behaupten, sein Beruf sei ein Beruf wie jeder andere Beruf auch.

Danach wird ein Maurer und ein Mechaniker und ein Bürolist zwar nie gefragt, und deshalb habe ich auch noch nie einen so saudummen Satz von einem richtigen Berufsmann gehört. Ich hörte noch nie einen Maurer sagen: »Maurer ist ein Beruf wie jeder andere Beruf auch.«

Ich kenne eine junge Frau, die hat nicht nur das Talent zum Laufen – also zum schnellen und zum ausdauernden Laufen –, sondern auch richtig Spaß daran. Sie wurde als Mädchen entdeckt und gefördert. Nun wäre sie altersmäßig so weit, daß es richtig ernst werden könnte: mit »richtigem«

Training, mit »richtiger« medizinischer Betreuung und mit einem »richtigen« Ziel vor Augen. Sie war bis jetzt immer eine der besten – entweder sie »professionalisiert« sich jetzt und bleibt bei den Besseren, oder sie läßt es halt sein. Nur Spaß und Freude ist nach ihrer Entdeckung und Förderung nicht mehr drin. Entweder – Oder: das heißt Profi. Etwas, was man muß, weil man es dummerweise kann.

Ich aber, ich bin ein Profi geworden in einer Sache, für die mir jedes Talent fehlt, ich hoffe auch, daß ich diesen Beruf, der »jetzt auch ein Beruf wie jeder andere auch ist«, bald wieder loskriege. Ich will kein Profi sein, das Siegen geht mir auf die Nerven.

Aber was soll ich einem jungen Zweitliga-Fußballspieler, den ich vorher nie kannte und der mich um Rat fragt, sagen? Er hat ein Angebot eines Nationalliga A-Clubs. Das war sein Traum, schon als er mit Spielen begann als kleiner Junge. Er hatte schon damals gewußt, daß Nationalligaspieler Profis sind, daß sie Geld verdienen – aber er hat nicht gewußt, daß es das Entweder–Oder sein wird – die endgültige Versklavung an ein Ziel.

Er selbst hätte noch anderes zu tun in seinem Leben, er ist ein talentierter Musiker, er ist begeistert von seinem Beruf.

Ich kann ihm nicht helfen. Ich kann ihn nur dafür beglückwünschen, daß er überhaupt auf die Idee kommt, darüber nachzudenken.
Und vor dem Gehen sagt er: »Eines ist sicher – entweder, oder: Ich werde nie mehr in der zweiten Liga spielen, entweder ich mache die Karriere, oder ich lasse es ganz sein. Der Spaß ist bereits nicht mehr derselbe.«
Professionalismus ist Zwang. Wer gezwungen wird, durch Talent und Neigung, durch Trainer und Nation, durch Eigensinn und Biographie, z. B. eine Kugel einige Meter weit zu stoßen, der wird – ohne daß er das wollen muß – zum Profi.
Nun gibt es bestimmt auch Maurer, die recht ungern und durch biographische Zufälle Maurer geworden sind, aber die Nation zwingt sie doch eher selten dazu.
Professionalismus ist der unumgängliche Zwang, eine Nebensache zum Beruf machen zu müssen, sich zu versklaven, nicht nur an eine Nation und einen Besitzer, sondern auch etwa an stereotype Interviewantworten wie etwa: »Fußballer ist ein Beruf wie jeder andere auch.«
Wehe dem Profi, der diese einfache Antwort nicht richtig lernt – aber bis jetzt lernte sie noch jeder.
Und ausgerechnet ich werde am letzten Montag zum Profi – ohne jedes Talent, ohne Fleiß, ohne Durchhaltewillen.

Wer etwas tut, was nicht alle tun, der wird professionalisiert. Einen Dienstverweigerer zum Beispiel bestraft man auch damit, daß er nun ein ganzes Leben lang ein Dienstverweigerer zu sein hat.
Er wird also bezeichnet nach etwas, worauf er verzichtet hat.
Letzten Montag um 16.30 Uhr habe ich das Rauchen aufgegeben. Übrigens zum ersten Mal in meinem Leben und nur aus Trotz, weil die anderen am Tisch kein anderes Thema hatten als ihre Nichtraucherei, und ich wollte das Thema trotzig beenden.
Nun sitze ich mit drin und bin ein Profi. Ich denke seit Tagen nur noch an meinen blödsinnigen Beruf. Ich bin jetzt nur noch und ausschließlich ein Nichtraucher, selbstverständlich ist auch das ein Beruf »wie jeder andere«.

Ein großes Bißchen Freiheit

»Hast du bemerkt, wie sich die Stadt total verändert hat?« fragten mich meine Berliner Freunde, und sie meinten damit die Veränderung West-Berlins.

Und ich wußte nicht, was ich nun ehrlich antworten sollte. Habe ich es bemerkt oder habe ich es nur gewußt?

Gleich nach der Ankunft bin ich über den Kurfürstendamm gegangen, und ich wollte auch das sehen, wovon ich gehört hatte. Mir schien zwar, daß es besonders viele Leute auf der Straße hatte, aber das war auch früher schon so, mir wäre wohl nichts Besonderes aufgefallen, hätte ich nicht gewußt, daß hier Besonderes stattfindet.

Ich versuchte also, unter den Leuten jene zu erkennen, die aus Ost-Berlin (dem ehemaligen Ost-Berlin) kommen, aber sie trugen weder besondere Hüte noch besondere Jeans. Meine Freunde erklärten, daß sie solches noch vor Wochen getragen hätten, daß sie sich aber inzwischen auch schon im westlichen Kaufhaus eingekleidet hätten. Ich saß in einer Kneipe, und am Nebentisch waren nun endlich vier Ostberliner, d.h. ich glaubte, sie als solche erkennen zu können. Hätte ich nicht plötzlich ihre Sprache erkannt, ich würde sie jetzt hier beschreiben, aber es waren zu meiner Überraschung Amerikaner.

Eigentlich wollte ich nur sehen, was ich weiß. Ich glaube, man nennt das Vorurteil, und ich glaube, man nennt das ab und zu allzu voreilig Vorurteil. Wir sind alle immer so stolz auf unsere eigenen Beobachtungen, und wir halten sie auch wirklich für eigene Beobachtungen, dabei schaut man sich fast immer nur das an, was man schon weiß.

Touristen haben immer wieder den Eindruck, zu erleben, dabei ist ihr Erlebnis nicht nur vom Reiseveranstalter vorprogrammiert, sondern auch in ihrem Kopf.

Nein, ich hätte in West-Berlin keine Veränderung feststellen können, hätte ich nicht gewußt, daß in dieser Stadt fast Unvorstellbares geschieht, Wichtiges und Epochemachendes. Am Tag der Währungsumstellung ging ich nach Ost-Berlin (dem ehemaligen) und sah nun Dinge, von denen ich hätte wissen sollen, aber die mich doch überraschten. Gleich nach dem Brandenburger Tor ein hochgestyltes Geschäft eines japanischen Motorradherstellers mit der ganzen Programmpalette bis zur Musik und dem Flügel. Wer soll das denn kaufen hier im armen Osten, dachte ich – und selbstverständlich dachte ich

falsch, denn vorläufig werden wohl die vom Westen hier kaufen. Vom ehemaligen Westen.
Am Brandenburger Tor auch das Suchen nach der Stelle, wo die Mauer war. Warum eigentlich? Sie ist jetzt einfach nicht mehr dort. Offensichtlich möchte man doch noch ein bißchen dieses Kitzeln verspüren, das man früher beim Überschreiten dieser erschreckenden Grenze hatte.
Aber der kleine Kitzel bleibt. Nicht etwa, weil man etwas sieht, sondern weil man weiß, daß man hier steht, wo vor ein paar Wochen noch eine ganz andere Welt war.
Es ist Sonntag, die Läden sind geschlossen, und vor den Schaufenstern stehn Leute, die staunend zuschauen, wie die »richtige« Welt in die Regale geräumt wird. Sie müßte jetzt eigentlich, am ersten Tag der Währungsunion, eine Überraschung sein. Sie ist keine mehr – alle haben die »richtige« Welt im Westen bereits angeschaut. Überraschend ist nur, daß sie jetzt auch hier stattfindet, wo sie nie stattfinden durfte.
In einer Kneipe diskutieren zwei Betrunkene mit dem Kellner. Er sagt, daß die Bar morgen wohl verkauft wird. Von wem und an wen? wird gefragt. Niemand weiß es. Keiner hier weiß, wer was von wem kaufen könnte, aber alle wissen, daß alles schon verkauft ist. Die großen Geschäfte sind bereits gemacht, und die Geschichte hinkt nicht

sich selbst nach – sie hinkt den großen Geschäften nach.
Und dann ein langer Spaziergang durch dieses ehemalige Ost-Berlin, zum ersten Mal im Bewußtsein, daß man das sicher auch darf. Zur Zeit der Mauer wußte man nie so recht, was gestattet war, selbst wenn es gestattet war. Und auch hier sind die Ost-Deutschen nicht als Ost-Deutsche zu erkennen.
Aber die Stadt erinnert mich plötzlich an eine andere Stadt, die ich mal sehr liebte – vor bald dreißig Jahren –, sie erinnert mich an ein West-Berlin, das noch nicht reich war, noch nicht ganz eingenommen war vom westdeutschen Wirtschaftswunder, das ein bißchen schmutzig war, ein bißchen improvisiert und ein großes Bißchen frei.
Doch, meine Freunde, West-Berlin hat sich wirklich verändert – in den letzten dreißig Jahren.

Die Bewältigung der Unschuld

Daß die Revolution ihre eigenen Kinder frißt, das ist so einer jener Sätze, die fast selbstverständlich sind und nicht begriffen werden müssen.
Jetzt habe ich ihn doch zufällig begriffen.
Ich habe die Französische Revolution nicht lebend erlebt, und die russische auch nicht, aber die wichtige und sehr wahrscheinlich erfreuliche und sicher nötige Revolution der DDR – von der habe ich zum mindesten gehört, als ich noch lebte. Eigenartig, daß niemand bereit ist, in diesem Zusammenhang das Wort Revolution zu gebrauchen, das würde ja aussehen, als ob der Umbruch in der DDR ein Erfolg der ostdeutschen Bevölkerung wäre. Die Geschichte hat sich aber bereits dafür entschieden, daß das Ganze ein Erfolg des westlichen Kapitalismus sei, und der Bundeskanzler Kohl hat sich dafür entschieden, daß er es sei, der das alles in Ordnung bringen wird.
Wie auch immer, es wird ihm gelingen. Die Ordnung war schon immer so etwas wie eine deutsche Angelegenheit – auch die »Ordnung« der DDR war keine Unordnung. Und was man schnell ordnen kann, das war dann immerhin keine Revolution.

Ich selbst habe zwar den Eindruck, daß sich die DDR selbst befreit hat von ihrer »geordneten« Unterdrückung, inzwischen stellt es sich so dar, als hätte die BRD die DDR befreit.
Die Revolution war keine – deshalb, nur deshalb frißt sie die eigenen Kinder. Vielleicht war auch die französische keine und die russische auch nicht.
Eine Revolution ist dann erfolgreich, wenn sie opportun wird, wenn plötzlich die alten Opportunisten zu einem neuen Opportunismus finden – denn die Opportunisten sind immer, und immer wieder, die Mehrheit. Denn Christa Wolf, zum Beispiel, war nie eine Opportunistin. Sie glaubte zwar an die Möglichkeiten eines sozialistischen Staates, sie hatte Bedenken gegen Leute, die ihn führten, sie war bereit, trotzdem mitzudenken, sie war bereit, Gedanken zu äußern, die den Führenden nicht lieb waren, sie wurde dafür gefeiert in Ost und West.
Inzwischen hat der sogenannt freie Westen über einen mit Sicherheit unfreien Osten gesiegt – der Opportunismus hat nun ein neues Vorzeichen, und die ehemals kriechenden Ostler sind nun begeisterte Westler, wie wenn »kriechend« und »begeistert« austauschbar wären. So erinnert man sich halt an die nicht Kriechenden ungern, und an die nicht Begeisterten noch weniger.

Die Revolution – auch die französische, auch die russische – frißt ihre eigenen Kinder aus dem einzigen Grunde, weil die ehemals Mutlosen nach der erfolgreichen Revolution immer viel radikaler sind als die ehemals Mutigen.
Und sie möchten nach dem Sieg nicht an den Mut der Mutigen erinnert werden. Anständigkeit ist alles, und wer nicht anständig war – vorher – und nicht anständig ist – nachher –, der ist eben unanständig.
Eine Revolution ist dann erfolgreich, wenn sie anständig wird.
Ich kannte vor zwölf Jahren einen Studenten in der BRD. Er war nett, eifrig und zutraulich, hatte als Algerier in der DDR studiert, wurde DDR-Bürger, wurde Flüchtling und BRD-Bürger, und ich mochte ihn, und ich hatte mit ihm immer ein ungutes Gefühl – es hätte ja sein können, daß er ein Offizier des DDR-Geheimdienstes hätte gewesen sein können. Denn ein Offizier des DDR-Geheimdienstes hatte kurz zuvor den Bundeskanzler Willy Brandt zu Fall gebracht. Jener Guillaume wurde als Flüchtling in die BRD eingeschmuggelt, und er brachte es fleißig bis zum persönlichen Berater von Willy Brandt.
Wie viele eingeschmuggelte Geheimdienstler haben es wohl zu nichts gebracht? Politische Karrieren sind oft zufällig.

Mein »algerischer« DDR-Bundesrepublikaner hat es vielleicht in dieser Sache zu nichts gebracht. Wie lebt er jetzt wohl? Das habe ich mich schon vor dem Zusammenbruch der Mauer gefragt. Wie lebt er wohl jetzt? frage ich mich nach der Zeit der Mauer.

Und die Antwort ist einfach: Er wird wohl leben – und er wird (wie wir alle) seine Anständigkeiten und seine Unanständigkeiten begründen und entschuldigen – und er wird eine ewige Wut auf jene haben, die vorher schon versuchten, ein wenig anständig und ein wenig tapfer zu sein.

Guillaume lebte noch in der DDR, die keine mehr ist, er hat für nichts anderes gelebt als für eine lächerliche Pflichterfüllung. Seine Verbitterung darüber wird weiterleben in jenem Land, das Deutschland heißt und das sich seit über hundert Jahren mit der Bewältigung der Vergangenheit befaßt – erfolglos, aber im Bewußtsein der Schuld. Nun können sie endlich Unschuld bewältigen – das wird ihnen sehr schwer fallen.

Der Betrug mit der Freiheit

Menschen einsperren, das ist Folter – wie das auch geschieht, und wo es auch geschieht, und wenn wir als Schüler Karzer bekamen, dann war das nicht zur Besserung unseres Charakters gedacht, sondern nur zur Qual und zur Strafe.

Strafe muß sein, heißt der Satz, und das klingt so, wie wenn Strafe für alle sein müßte.

Als ich vor 35 Jahren meine erste Stelle als Lehrer antrat, empfahl mir mein Vorgänger, jeden Tag einen Schüler zu verprügeln, sonst bekäme ich das nie in den Griff. Ich fragte ihn, was ich denn tun sollte, wenn keiner sich strafbar gemacht hätte – und er sagte: »Die stellen alle dauernd was an, du wirst nie den Falschen erwischen.«

Unnötig zu sagen, daß ich nicht geschlagen habe, unnötig zu sagen, daß sie wirklich ab und zu etwas anstellten – wohl so viel wie vorher, oder vielleicht auch ein bißchen weniger.

Geschlagen wurden sie von meinem Vorgänger nur, weil Strafe sein soll – Strafe muß sein.

Einsperren ist auch eine Strafe. Kürzlich wurde ein ganzes Volk befreit, das eingesperrt war – die Menschen in der DDR –, es war ein neuer Oberaufseher für Gefängnisse gekommen, der gegen

Gefängnisse war, Gorbatschow, und dann fiel die Mauer. So einfach ist das, wenn einer gegen Gefängnisse ist, dann gibt es sie nicht mehr.

Daß Strafgefangene in der DDR glauben, sie hätten nun ein Recht auf Amnestie, das ist nicht so abwegig – denn sie sind schließlich unter dem Druck der Gesamtgefangenschaft straffällig geworden. Sie möchten nun – wie alle ehemals Gefangenen – die Freiheit.

Freiheit, das ist ein eigenartiges Wort.

Es ist so leicht zu verstehen, so leicht auszusprechen, es ist so leicht, sich Freiheit vorzustellen. Es ist so leicht zu sagen, daß Freiheit die Rücksichtnahme aller auf alle bedeute.

Es gab noch nie einen Staat auf der Welt, der für die Unfreiheit plädiert hätte. Alle Staaten, alle Diktaturen verstanden sich als Orte der Freiheit.

Ich habe das Glück, in einem freien Staat zu leben – ich glaube sogar ein wenig daran, wenn ich auch weiß, daß alle Politiker in allen Staaten ihren Bürgern nichts anderes versprechen als Freiheit. Aber ich muß zum Beispiel diese verfluchte Steuererklärung ausfüllen – ich sehe das ein und bin dafür, aber Freiheit ist das nicht –, ich muß in diesen total lächerlichen Zivilschutz, um die Freiheit zu verteidigen, die mir mit der Verteidigung genommen wird.

Nein, im Ernst, ich bin für die Abschaffung des Begriffs Freiheit. Mit ihm wurde und wird immer Schindluder getrieben.
Wie oft wurde ich schon in die »Freiheit« entlassen. Als ich endlich ein Schüler wurde, versprach ich mir davon die Freiheit. Ich wurde konfirmiert, und das erschien mir wie eine Entlassung in die Freiheit. Ich wurde volljährig und erwartete Freiheit. Ich wurde mit fünfzig aus dem Militär entlassen – endlich – und war endlich frei.
Und dann kam dieser schmierig-freundliche Zivildienst, wo alles sehr nett war und das Essen gut – und alles im Namen der Freiheit.
Ich fühlte mich keineswegs frei in den letzten Tagen, weil diese verdammte Pflicht des Kolumnenschreibens auf mir lastete. Doch, doch – ich tu es freiwillig, ich tu es gern. Ich sehe das mit den Steuern auch ein, das mit dem Staat sehe ich auch ein, das mit den Bürgerpflichten auch – auch daß Tausende von freiwilligen Aktuaren in freiwilligen Kommissionen mit dem Schreiben von Protokollen belästigt werden; doch, ich sehe das alles ein.
Ich möchte es nur nicht Freiheit genannt haben.
Es wäre mir lieber, wenn man das Sozialverständnis nennen würde, soziales Verhalten. Ich möchte lieber in einem sozialen Staat leben als in einem freien.

In Zürich lebte mal ein Mann, der nannte sich Lenin, und der hatte als junger Mensch die Vorstellung, daß man den Staat abschaffen müßte, weil er die Menschen unfrei macht. Und dann hatte er die Vorstellung, daß man einen Machtstaat bräuchte, damit man die Menschen dazu erziehen könnte, ohne Staat zu leben. Wir wissen, was daraus geworden ist.
Ich hatte durch Zufall mit vielen Strafgefangenen zu tun. Ich kenne ihr Verhältnis zur Freiheit – es ist eine totale Vorstellung von einer totalen Freiheit, die es nicht gibt. Wer einmal gefangen war, der wird nie mehr in der relativen Freiheit leben können und nicht nur die Freiheit, sondern auch sich selbst zerstören. Auf das »freie« Europa kommen Millionen von ehemals Gefangenen zu. Und unsere politische Rechte, die Wirtschaftsleute, frohlocken und sprechen wieder von freier Marktwirtschaft. Ein Wort, das es bei uns vierzig Jahre lang kaum mehr gab. Es hieß noch vor einem Jahr – auch bei uns – soziale Marktwirtschaft.
Der Betrug mit der Freiheit hat eine neue Chance.

Die Fassaden von Salamanca

Salamanca ist eine schöne Stadt, das habe ich meinen Gastgebern auch gesagt, und es ist mir leicht gefallen, es zu sagen. Salamanca ist wirklich eine schöne Stadt, und es hat mir dort sehr gefallen.

Mit Salamanca ist das sehr einfach: Salamanca ist alt, also ist Salamanca schön. Die Stadt hat etwas, was man nicht wegdiskutieren kann: Sie hat Jahrhunderte, ein zwölftes und ein dreizehntes und ein fünfzehntes und ein sechzehntes, und das eine heißt Romanik und das andere heißt Gotik, und es macht sich für einen Besucher nicht schlecht, ab und zu zu fragen: »Sind das nicht vielleicht maurische Elemente?« oder man kann auch sagen: »Ich erkenne hier doch schon barocke Einflüsse«, und damit wäre die gesamte europäische Geschichte bereits abgehandelt: Gotik, Romanik, Barock – immer wieder und in dauernden Wiederholungen.

Die Gastgeber haben mir freundlicherweise auch einen Bildband über Salamanca geschenkt – zur Erinnerung. Nun liegt er hier auf dem Tisch und erinnert mich an nichts anderes als an europäische Kunstgeschichte.

Der Bildband über Freiburg (welches auch immer) und der Bildband über Mailand und der Bildband über Solothurn ist derselbe. Nichts wird mich so wenig an Salamanca erinnern wie seine Fassaden.

Es ist eigenartig, für Touristen sind Städte total ohne Geschichte. Sie stehen einfach da und kommen aus Jahrhunderten, und was der Fremdenführer zu vermelden hat, ist nichts anderes als abgestandene Kunstgeschichte.

In die wunderschöne Bibliothek der Universität wurde ich zu früh und übereilt geschleppt. Ich hatte ein Buch aus dem 11. Jahrhundert in der Hand und die erste Übersetzung von Aristoteles ins Lateinische – nein, nicht aus dem Griechischen, sondern aus dem Arabischen – 14. Jahrhundert –, und wir blätterten in den Büchern und staunten über respektlose Randbemerkungen von Zeitgenossen der Bücher. Und ich kam mir schäbig vor, als ganz gewöhnlicher Voyeur, der fragt: »Welches Jahrhundert?« und dann pflichtgemäß ein bißchen staunt.

Ich war froh, als die Führung endlich vorbei war. Ich kam mir als blöder Eindringling – ohne Lateinkenntnisse, ohne Spanischkenntnisse, nicht einmal Arabisch kann ich – als Eindringling in eine Welt vor, die für anderes gedacht war als zum beglotzt werden.

Es mag seine Gründe haben, daß wir die Geschichte der Welt immer wieder auf Kunstgeschichte reduzieren. Sie gibt so weniger zu denken. Und die wunderschöne Bibliothek von Salamanca war mal als Sammlung des Denkens dieser Welt gedacht.

Ich verzichtete auf weitere Führungen, verzichtete auf Kirchen und Klöster und freute mich an dem, was ich zufällig sah: einen uralten Vorlesungssaal aus dem 16. Jahrhundert, düster und beängstigend, karg, als wäre Wissen eine harte Last, dunkel und unheimlich, und oben an der Wand eine kleine Kanzel, von der das Wissen kam.

Ich wagte den Raum nicht zu betreten, aber ich blieb jedes Mal fasziniert stehen, wenn ich an ihm vorbeikam.

Und eines Tages erzählte mir ein spanischer Begleiter, hier habe Fray Luis de Leon Vorlesungen gehalten.

»Wer war das?« fragte ich.

»Er war ein großer spanischer Lyriker, Augustinermönch, er hat das Hohelied Salomons ins Spanische übersetzt und als Liebeslyrik interpretiert. Die Inquisition hat ihn dafür 5 Jahre in den Kerker gesperrt, und als er nach fünf harten Jahren – zwei Freunde waren im Gefängnis gestorben – zurückkam, stieg er auf diese Kanzel

und sagte: ›Wie ich gestern gesagt habe‹ im Sinne von ›Gestern waren wir stehengeblieben bei . . .‹«
Luis de Leon steht vor der Universität auf einem Sockel. Ich grüßte ihn jeden Tag. Die Geschichte von seiner Vorlesung überzeugte mich. Aber in meinem Bildband und in meinem Fremdenführer steht nichts davon.
Jetzt suche ich ihn, ein paar Gedichte habe ich auf deutsch schon gefunden.

Beim Verlassen des Kerkers

»Die Lüge und der Neid
mich hier gefangenhielt.
Den Weisen lob ich mir,
der arm an Tisch und Haus,
bescheiden sich entfernt
aus dieser bösen Welt,
auf wunderbarer Flur,
nur Gottes eingedenk,
allein durchs Leben geht,
beneidend nicht, noch neidend.«

Luis de Leon soll dieses Gedicht an seine Kerkerwand geschrieben haben. Und Salomons Hohes Lied hat er ganz privat für eine Nonne übersetzt – Liebeslyrik.

Doch – es hat sich gelohnt, Salamanca zu besuchen. Ich habe einen Satz von Luis de Leon kennengelernt. Ich werde ihn und Salamanca nicht vergessen. Den Bildband kann ich ja einmal einem flüchtigen Besucher von Solothurn schenken.

Wie schlecht die Schüler sind

Irgendwo in der Schweiz sitzt ein spanischer Primarschüler in der zweithintersten Reihe und ist ein schlechter Schüler. Der Grund, daß er ein schlechter Schüler ist, ist ganz einfach: er hat Mühe mit Deutsch – er hat also Mühe mit Fremdsprachen.
In Wirklichkeit hat er aber nicht die geringste Schwierigkeit mit Fremdsprachen – keiner in der Klasse, auch der Lehrer nicht, spricht so viele Sprachen wie er, er spricht und versteht vier oder fünf Sprachen, und eigentlich alle diese Sprachen sind für ihn Fremdsprachen – und wir nehmen an, er sei ein schlechter Schüler, weil er Mühe mit Fremdsprachen habe.
Seine Eltern sind Galizier. Sie kommen aus dem Norden Spaniens und sprechen eine andere Sprache als Spanisch, nämlich Galizisch. Das ist die Sprache, die der Schüler zu Hause hört. Bevor er in die Schweiz kam – mit sieben – war er aber ein Jahr im Kindergarten, dort hat er spanisch gehört und spanisch gelernt, auf der Straße in der Schweiz lernte er Schweizerdeutsch – akzentfrei wie ein Schweizer –, und in der Schweizer Schule lernte er hochdeutsch. Dazu kam – weil es bei uns

weder ein galizisches, noch ein spanisches Fernsehen gibt – daß zu Hause stets das italienische Fernsehen lief, so lernte der Junge nun auch noch seine fünfte Sprache und spricht sie perfekt.

Nein, ich kenne ihn nicht, diesen Primarschüler in der Schweiz. Ich weiß auch nicht, wo er in die Schule geht.

Ich weiß nur, daß es ihn gibt, und sicher gibt es ihn mehrmals und überall in der Schweiz: Der Schüler oder die Schülerin, die fünf Sprachen kann und kein guter Schüler, keine gute Schülerin ist.

Ich war für eine Woche an der Universität Salamanca in Spanien und hatte mit spanischen Germanisten und Germanistikstudenten zu tun. Das war sehr schön und angenehm, und das gute Deutsch der Studenten und Studentinnen hat mich beeindruckt.

In den Pausen kamen aber auch Studenten, die mich auf Schweizerdeutsch ansprachen, richtiges Schweizerdeutsch aus dem Aargau, aus der Ostschweiz – ziemlich genau lokalisierbar, aber es waren Spanier.

Es war sehr eigenartig für mich. Hier sprachen Spanier Schweizerdeutsch als Fremdsprache, und weil sie in dieser Fremdsprache etwas direkter mit mir sprechen konnten als jene, die Hochdeutsch als Fremdsprache konnten, war es dann auch so etwas wie eine Geheimsprache.

Und als ich Manuel darauf ansprach, sagte er: »Weißt du, auch Spanisch ist für mich Fremdsprache, ich bin Galizier, habe ›zu Hause‹ im Aargau nur galizisch gesprochen und am Fernsehen italienisch gehört. Mein Spanisch war damals nicht sehr gut.«

Manuel hat sein Germanistikstudium an der Universität abgeschlossen und arbeitet gegenwärtig an seinem Doktorat. Er ist ein interessanter Mensch, er hat in vielen Welten gelebt und in vielen Sprachen. Er weiß mehr von dieser Welt als ich. Aber er war in dieser Schweizer Schule ein schlechter Schüler – in derselben Schweizer Schule, in der ich ein guter Schüler war.

Ich versuche, ihn dazu zu bringen, sich darüber zu beklagen oder darüber zu schimpfen, aber er schimpft nicht – nicht einmal über die Schweiz. Aber wäre seine Biographie eine schweizerische geblieben, er wäre wohl ein Hilfsarbeiter geworden, man hätte ihn für einen »dummen« Spanier gehalten, und das Schlimmste – er selbst hätte das wohl auch geglaubt. Den Weg an eine Schweizer Universität hätte er bestimmt nicht gefunden.

Daran ist niemand schuld, auch sein Schweizer Lehrer wohl nicht.

An einer spanischen Universität hat er es nun geschafft, mit einer anderen Sprache, die auch nicht seine Muttersprache ist, mit Spanisch.

Ich will hier keine Klage gegen Lehrer und Schule führen, sehr wahrscheinlich ist das einfach so – eine schulische Biographie ist wohl für immer und für alle zufällig. Jener, der einen Lehrer findet, der behauptet, sein Schüler sei talentiert, jener hat Glück. Ich habe das Glück gehabt, er aber hat es sich erkämpfen müssen nach einer langen Zeit als Hilfsarbeiter in der Schweiz.

Mir ist nur plötzlich eingefallen, daß es doch eigenartig ist, wie wenig in unserer Schule kulturelle Vielfältigkeit gilt – wie wenig es gilt, wenn der Schüler in der zweithintersten Reihe fünf Sprachen kann. Und dies in einem Land, das so stolz ist auf seine kulturelle Vielfältigkeit. Dies allerdings auch in einem ganz kleinen Land, in dem einem Kind mit einem Ortswechsel von wenigen Kilometern schon die ganze schulische Biographie versaut werden kann.

Ganz einfach, weil Schule auf Bildung keine Rücksicht nehmen kann und will.

Der Atlas liegt vor mir

»Wie sieht das Land bei Dir aus? Bist Du nahe genug, die Alpen zu sehen. Ich werde in Europa studieren und möchte in die Schweiz fahren. Ich möchte noch einmal Luzern besuchen. Gibt es noch etwas anderes, wohin ich gehen sollte?«
Eine Klasse von amerikanischen Deutschstudenten hat mir Briefe geschrieben. Sie schreiben hervorragendes Deutsch und sie studieren erst seit einem Jahr Deutsch. Es sind zwar nicht Briefe an mich persönlich. Es geht vielmehr um eine Schulübung. Sie schreiben zwar alle, daß sie mit Spannung auf meine Antwort warten. Aber die meisten Fragen sehen nicht so aus, als ob sie dringend Antworten benötigen.
Immerhin, ich habe ihrer Professorin versprochen, zu antworten, und versuche, es zu tun.
Nur, was soll nun dieser Student in der Schweiz außer Luzern noch anschauen – und warum? Soll ich ihm Solothurn empfehlen, Welschenrohr oder Dübendorf? Und wie sieht das Land bei mir aus?
Ich staune darüber, daß mich dieser Brief echt beleidigt. Ich bin beleidigt als Schweizer, und ich glaube doch immer, daß man mich in dieser Sache

nicht beleidigen kann. Ich bin beleidigt, weil man mich reduziert auf die Geographie, in der ich wohne.

Ich weiß, er meint es freundlich, er will mein Land loben, die Alpen und Luzern, und nachdem er weiß, daß ich Schweizer bin, ist er auch überzeugt, daß es mich freuen wird. Ein ähnliches Kompliment an Amerika, an den Grand Canyon, an die Niagarafälle würde ihn wohl freuen.

Nein, Schweiz ist für mich nicht Geographie. Wenn ich an dieses Land Schweiz denke, denke ich an anderes als an seine Grenzen. »Wie sieht das Land bei Dir aus«? Er erwartet eine geographische Antwort, und er wäre wohl entsetzt, wenn er eine politische Antwort bekäme. Wenn ich ihm etwa erzählen würde, daß in diesem Land über die Abschaffung der Armee abgestimmt wurde, daß 35% der Stimmenden für diese Abschaffung waren, daß dies die Restlichen kurz beeindruckt hat und dann schnell vergessen wurde. Daß man hier in diesem Land Mehrheitsbeschlüsse akzeptiert.

Nein, ich kann es ihm nicht erklären, und das ist wohl das, was mich beleidigt. Ich habe immer noch den Eindruck, daß es so etwas gibt wie die Schweiz und daß ich so etwas bin wie ein Schweizer – er aber liebt sie zum voraus, er möchte noch mal nach Luzern und fragt mich, was es sonst

noch so gebe in dieser wunderschönen Gegend. Er wäre nicht überrascht, wenn ich ihm das Matterhorn empfehlen würde. Als Schweizer müßte ich das eigentlich. Aber – ganz zufälligerweise – habe ich selbst das Matterhorn im Original noch nie gesehen – auf Bildern allerdings fast täglich, und ich kenne es. Durch Zufall ist das Matterhorn nicht meine Schweiz. Er aber fragt mich, ob ich nahe genug bin, die Alpen zu sehen.
Und ich habe wohl den Eindruck, er könnte nahe genug sein, New York zu sehen, oder er hört den ganzen Tag das Rauschen des Niagaras, oder er ist befreundet mit Winnetou oder sieht genau gleich aus wie Präsident Bush.
Er lebt in Indiana. Ich könnte das jetzt auf der Landkarte suchen und sagen: »Aha, hier lebt er, westlich von New York und östlich von Kalifornien«, und dann hätte ich wohl auch den Eindruck, ich wüßte jetzt, wo er lebt.
Ich mußte kürzlich eine lange Reise durch Amerika machen, mit dem Flugzeug, und überall, wo ich war, war nichts anderes als Amerika. So wie Zermatt und Solothurn nichts anderes als die Schweiz ist.
Ich habe schon als Schüler das Fach Geographie nicht begriffen – diese Grenzen und diese Hauptstädte, diese Berge und diese Meere. Und die Grenzen erscheinen auf einer politischen Karte

wie Natur, und im Atlas wird die Politik zur Geographie.

In einer Sache allerdings werden wir uns gleich verhalten – der Amerikaner und ich –, wir werden in einem Atlas Irak suchen und Kuwait und Saudi-Arabien.

Und wir werden es finden und den Eindruck haben, daß wir nun doch ein bißchen etwas wissen davon – etwas mehr wissen als jene, die Irak auf der Karte nicht finden. Geographie ist ein untaugliches Mittel, Welt zu begreifen – und in den Schulen der ganzen Welt wird Geographie als eben jenes Mittel angeboten.

Hätten wir keinen Geographieunterricht, der Tourismusindustrie würde es schlecht gehen.

Ab und zu frage ich mich, ob es der Rüstungsindustrie ohne Geographieunterricht auch schlecht gehen würde.

Der Golfkrieg jedenfalls wird in unserer Gegend immer noch als geographisches Ereignis betrachtet.

Der Atlas liegt vor mir.

Krieg an und für sich

Ein Freund kommt mir entgegen, grüßt und geht vorbei, dann dreht er sich um, sagt Hallo, kommt zurück und fragt: »Wie geht es dir.«
Was ich auch immer antworte – »gut«, »so, so«, »ja, doch« –, meine Antwort erschreckt mich jedenfalls immer.
Bei den Englisch-Sprechenden ist die entsprechende Frage eine Grußformel, die man in der Regel einfach mit derselben Frage erwidert. In unserer Gegend fordert die Frage eine echte Antwort. Das bringt mich immer wieder in Verlegenheit, und oft erschreckt mich meine Antwort noch Minuten später. Weshalb habe ich jetzt »gut« gesagt, wo ich doch eben noch traurig war? Weshalb antworte ich »schrecklich«?
Nein, ich habe nichts gegen diese Frage, und es ist mir recht, daß die Frage bei uns ernst genommen wird.
Ich frage also meinen Freund zurück: »Wie geht es dir?« Und er sagt: »Sehr schlecht – mein bester Freund ist gestorben, Krebs.«
Seine Augen werden feucht. Nun sollte ich wieder etwas sagen, aber was? »Tut mir leid, schrecklich, Scheiße.«

Ja, ich kenne sein Leiden. Ich habe das auch schon erlebt, daß der Freund plötzlich weg war.
Ich habe damals wohl auch gesagt, daß es mir schlecht gehe.
Aber ich kenne seinen Freund nicht, habe ihn nie gekannt. Mein eigenes Befinden verändert sich durch seine Trauer nicht. Das finde ich entsetzlich, und es quält mich den ganzen Tag, die Traurigkeit meines Freundes macht mich nicht traurig.
Ich habe immerhin nicht nach den Umständen des Todes gefragt – Sterben ist schlimm genug.
Aber ich saß nachher lange in meinem Zimmer, ohne etwas zu tun, und hörte zu jeder vollen Stunde die Nachrichten, von denen ich immer geglaubt hatte, daß sie mich brennend interessieren. Und plötzlich entdeckte ich, daß ich sie so entgegennehme wie die die Mitteilung meines Freundes.
Ich nehme die Nachrichten vom Golf als Wissender entgegen: »Ja, ja, ich kenne das.« »Und das ist eben so – und wir werden alle sterben.«
»Tut mir leid« – ich frage mich, ob meine Anteilnahme, ob meine Traurigkeit über diesen Krieg nicht vielleicht doch auch gespielt ist.
Und dann fällt mir plötzlich dieser international genormte Tonfall der Reporter und Korrespondenten auf: Deutsch mit englischer Schnelligkeit,

glatt, gewandt, gescheit – die Kenner, die Connaisseurs –, immer derselbe Tonfall, als gäbe es auf der ganzen Welt nur einen einzigen Kommentator, mit zwar verschiedenen Meinungen. Fast scheint mir – und zu Unrecht –, die amerikanische Zensur ist pressefreundlich. Sie erlaubt den sauberen klaren Kommentar mit Ausblick und Rückblick. Die Zensur macht CNN nicht verlegen – im Gegenteil, sie erlaubt sozusagen ein 24stündiges Gespräch mit Korrespondenten über die Sache an und für sich.

So wie ich mit meinem Freund durchaus über die Sache an und für sich sprechen kann: über den Tod, der uns sicher ist, über Krebs, was grauenhaft ist, über Leben an und für sich, über Freundschaft an und für sich.

Der Golfkrieg unterliegt immer noch der Geheimhaltung, und er wird wohl für immer geheim bleiben. Begründet wird die Geheimhaltung politisch und militärisch und mag deshalb teilweise einsehbar sein.

Ich glaube trotzdem, es geht um etwas anderes, darum nämlich, daß wir alle die Chance haben, über die Sache an und für sich zu diskutieren, über die Aggression der Iraker, über den Krieg, über die Taktik der Amerikaner.

Geschichte hat auch die Aufgabe, die großen Zusammenhänge zu zeigen. Ein Diktator kann noch

so schlimm gewesen sein, er verliert in der Geschichte seinen Schrecken.
So wie der Golfkrieg seinen Schrecken bereits verloren hat, weil man von Anfang an versucht hat, ihn uns nicht zu hautnah werden zu lassen. So sitzen wir denn vor dem CNN wie vor einem Geschichtsbuch und hören uns die stoischen, klaren und gescheiten Kommentare an – wie wenn es nicht um aktuelles Geschehen, sondern um eine historische Erinnerung ginge.
Geheimhaltung ist zwar nicht immer Betrug – aber sie hat fast immer Betrug zur Folge. Man betrügt uns um unseren Realitätsbezug. Meine Meinung zum Golfkrieg zum Beispiel kann ich mir nicht selbst bilden, ich bin – leider – auf meine Vor-Urteile angewiesen.

Feiertage

Ostern ist vorbei. Erinnern Sie sich noch, wie wir uns vor einer Woche »Frohe Ostern« und »Schöne Festtage« gewünscht haben?
Haben wir nun wirklich den Opfertod und die Auferstehung Christi gefeiert? Nein, das haben wir wohl nicht. Ich bin nicht einmal sicher, ob ein Pfarrer oder Bischof das getan hat. Aber wir haben gut gekocht an Ostern, oder uns bekochen lassen. Viele haben an Karfreitag Fisch gegessen – einen teuren Fisch, wenn schon, selbstverständlich: Seezunge, Dorade, Hecht. Die ersten Spargel – teuer – auch, die hat man sich am Donnerstag gekauft, und die Verkäuferin hat »Schöne Ostern« gewünscht – und irgendwie haben wir uns alle auf Ostern gefreut. Und Ostern wird trotzdem nie so richtig Ostern.
In Sachen Weihnachten haben wir uns bereits daran gewohnt: Der Dezember ist ein Streß, Geschenke und Geschäfte, und das Fest zu Hause will nicht mehr so richtig gelingen. Aber es muß trotzdem sein, das Fest, es muß auch sein, wenn wir nicht an jenen glauben, der an Weihnachten geboren wurde. Und viele haben den Verdacht, daß uns die Geschäfte das Weihnachtsfest versauen.

Das kann nicht wahr sein, denn vor Ostern sind die Verkaufsgeschäfte viel weniger aggressiv als an Weihnachten, und an Pfingsten treten sie überhaupt nicht in Erscheinung, und wir werden uns auch vor Pfingsten »Frohe Pfingsten« wünschen, und wir werden auch vor Pfingsten einen guten Braten einkaufen, und irgendwie haben wir vor den Feiertagen doch immer die Vorstellung von etwas Besonderem.

Die Feiertage sind nicht besonders, weil sie uns zur Gewohnheit geworden sind, zu einer noch größeren Gewohnheit als der Alltag.

Eine Woche vor Ostern traf ich am Morgen in der Beiz verkaterte und betrunkene Leute. Sie waren sehr laut und sehr fröhlich. Sie feierten den Schweizermeistertitel des SCB Bern. Nein, sie waren nicht in Lugano, sie hatten nicht einmal alle das Spiel im Fernsehen gesehen. Aber sie feierten (versuchten zu feiern) das große Ereignis, und sie gingen für einen Tag, für zwei Tage nicht zur Arbeit – das ist ein hoher Preis für den Glauben an den SCB Bern –, und ich, der ich keine Neigung zu Eishockey habe, verstehe das eigentlich nicht.

Vier Tage feiern in Erinnerung an den Tod und die Auferstehung jenes Jesus von Nazareth ist kein hoher Preis – das sind staatlich festgelegte Feiertage, auf die wir uns jedes Jahr freuen und die uns Jahr für Jahr mißlingen.

Denn in Wirklichkeit sind das keine Feiertage, sondern nur zufällige Freitage.
Der besoffene Markus aber in der Beiz, der feiert diesen unnötigen Sieg von Bern eine ganze Woche, und ich kann das nicht nachvollziehen – ganz einfach nur deshalb, weil mir der Glaube fehlt.
So sind denn auch die Feiern zum Jahr 1991 nicht etwa gescheitert, weil »Kulturschaffende« – in Leserbriefen heißen sie »sogenannte Kulturschaffende« – nicht mitmachen wollten, sondern nur, weil 1991 nicht mehr ist als Weihnachten, Ostern und Pfingsten – nicht etwa die 700-Jahrfeier mißlingt uns, sondern alle Feiern.
So entscheidet sich halt dann der besoffene Markus für einen eigenen Glauben, für den Glauben an den SCB Bern. Dafür muß ich unter den verlogenen religiösen und nationalen Verhältnissen fast Verständnis haben. Der Glaube von Markus – er weiß es nicht – ist irrational, also echt.
Im übrigen ist Markus auch ein Nationalist, gegen Tamilen, gegen Ausländer, gegen alles, aber – wenn man ihn fragen würde – für die Schweiz. Zwar nicht für die Tessiner (Lugano), nicht für die Jurassier, nicht für die Thurgauer, aber für die Schweiz – nämlich dafür, daß er ein Schweizer ist und eben nicht ein Ausländer.
Ich weiß nicht, ob der Glaube von Markus an den SCB Ersatzreligion ist oder Ersatzpatriotismus. Es

ist wohl nur eine Ersatzfeier, weil unsere Feiern so verlogen geworden sind.

Und wenn die Serben nicht mehr wollen, und wenn die Kroaten nicht mehr wollen, und wenn die Ukrainer nicht mehr wollen, und wenn die Jurassier nicht mehr wollen, die Letten, die Estländer – dann ist das vielleicht doch nichts anderes als die Suche nach der echten, der eigenen Feier – endlich etwas, das man überzeugt feiern kann. Die Feier der Leute in der DDR war eine wunderbare, und sie führte in den Kater wie die Feier von Markus.

Immerhin, die Suche nach Irrationalität ist vielleicht gar kein so schlechter Weg. Und wenn all die Bewegungen – auch die von Markus mit seinem SCB – auch einen sehr nationalistischen Eindruck machen – letztlich werden sie zur Auflösung der Nationen führen, zum Ende der verlogenen Feiern.

Amerika, Amerika!

Ja, ich fürchte mich vor einem Amerika, das – wie Präsident Bush – von einer neuen Weltordnung spricht, »unter der unabdingbaren Führung Amerikas, weil nur Amerika dazu die moralische Kraft besitzt«.
Ich habe davon gesprochen, und ich habe darüber geschrieben. Und schon gibt es wieder das große Schlagwort vom »Antiamerikanismus«. Wenn ich es höre, dann habe ich das dringende Bedürfnis, mich zu verteidigen. Und meine Verteidigung wirkt für die anderen unglaubwürdig. Es genügt offenbar nicht, zu sagen, daß ich Amerika gern habe, daß ich New York liebe, daß ich gern unter Amerikanern lebe.
Verlangt ist jetzt mehr, nämlich Bekenntnis. »Wer nicht für mich ist, ist wider mich«, ein religiöses Bekenntnis.
Wie oft habe ich von Amerika doch schon erzählt, geschrieben, und dieselben Leute, die sich über mein Lob ärgerten, ärgern sich über meine Bedenken. Amerika, so scheint mir, wird zu einem Tabu – man hat dafür zu sein, das ist alles. Und wer nicht für Bush ist, der steht im Verdacht, für den anderen zu sein – für den jeweils anderen, denn

dieser andere hatte schon viele Namen: Breschnew, Ghaddafi, Khomeini, Hussein. Und wir haben die Namen der jeweiligen Feinde schnell gelernt und schnell gehaßt, und es war immer nur einer – und alle anderen waren die Freunde.
Keiner von denen hatte je meine Sympathie, aber Hussein zum Beispiel hatte die Sympathie der Amerikaner – zu einer Zeit, als wir alle nur Khomeini kannten und haßten.
Ja, ich verhasple mich, wenn ich mich verteidigen will gegen den Vorwurf des Antiamerikanismus. Ich bin das gewohnt – ich bin auch von denselben Leuten ins »Kreuzverhör« genommen worden, wenn ich versuchte, meine Liebe zu Amerika zu begründen. Wer in dieser Sache begründet, der steht bereits im Verdacht des Verrats. Man hat unbegründet dafür oder dagegen zu sein.
Ich schreibe das, weil wohl noch nie so sehr wie jetzt meine Gedanken in New York sind, im Village, in der White Horse Bar, im Central Park, auf der Fähre von South Ferry nach Staten Island.
Max Frisch hat mir vor zwanzig Jahren diese Stadt gezeigt. Ich habe sie durch ihn lieben gelernt, und ich war seither nie mehr in New York, ohne am ersten Tag diese erste Wanderung mit Max Frisch ganz genau zu wiederholen. Ich werde, wenn ich an ihn denke, an New York denken. Und wenn ich wieder da sein werde, dann wird mich jeder Stein

an ihn erinnern. Es war seine Stadt. Und nicht nur mir – auch vielen anderen – hat er sie vorgeführt auf langen Wanderungen.

Die Nachricht von der bösen Verschlimmerung seiner Krankheit hat mich im letzten November in New York erreicht, und die Wanderungen durch Manhattan wurden mir in diesen Tagen schwer. Ich ging zum Naturhistorischen Museum – denn da war ich einmal mit ihm –, stand vor der Tür, sehr lange, und brachte es nicht fertig, hineinzugehen.

Wir waren damals lange in diesem Museum – viel zu lange –, wir sprachen kaum ein Wort und schauten uns die vorgeschichtlichen Ungetüme an, Skelette von Dinosauriern, von Tieren wohl auch aus dem Holozän, »in dem der Mensch erscheint«. Und wir gingen schweigend aus dem Museum und schweigend durch die Stadt, und es dauerte lange, bis wir wieder sprachen. Die Vergänglichkeit hatte uns betroffen und der Zweifel an einem Schöpfer. Seine Kolosse sahen aus wie böse Späße eines begeisterten Bastlers. Wir erwähnten solche Gedanken nur kurz, und wir haben später nie mehr davon gesprochen, auch nach der Veröffentlichung seines »Der Mensch erscheint im Holozän« nicht. Es war, als schämten wir uns dafür, gleichzeitig dasselbe gedacht, erlebt zu haben.

Ich wußte damals schon, daß er älter ist als ich, und zwanzig Jahre später habe ich in dieser Stadt die schmerzliche Bestätigung bekommen, daß er älter ist.

Nein, ich weiß, die Befürworter amerikanischer Politik werden auch das nicht als Beweis meiner Liebe zu Amerika nehmen können. Ausgerechnet Max Frisch erinnert mich an Amerika, und ausgerechnet Amerika wird mich an ihn erinnern.

Das Erlebnis mit einem Naturhistorischen Museum hätte auch anderswo stattfinden können, aber es hat nun mal – und nicht zufällig – in New York stattgefunden.

Liebe kann ja auch etwas Ambivalentes sein.

Amerika ist ein schreckliches Land. Voller Armut und voller Ungerechtigkeiten. Aber ich bringe den Gedanken nicht aus dem Kopf, daß es auch das Land des liberalen Versprechens ist.

Irgendwie wird es für mich zum Land der Trauer werden, Trauer über den Verlust von Max Frisch, den Verlust des liberalen Versprechens.

Das wird schwer zu verstehen sein für die Feinde von Max Frisch, für die Freunde der amerikanischen Politik – und für mich eigentlich auch.

Der Briefträger

Gegen unseren Briefträger – damals, als ich ein kleines Kind war – konnte man nichts machen. Er kam jeden Tag etwas später als erwartet, also müßte er ab und zu auch früher als erwartet gekommen sein. In Wirklichkeit aber arbeitete er ohne Zeitplan. Die Post wurde damals noch zweimal am Tag zugestellt, und so war er also den ganzen Tag in unserem Quartier anzutreffen. Wer seine Post etwas früher wollte, suchte ihn in der nächsten Straße. Dann setzte er sich auf ein Mäuerchen, atmete tief ein und tief aus, kramte in seiner Tasche herum, brachte die ganze Ordnung durcheinander, fand endlich die Post und händigte sie aus.

Im übrigen war er eine Respektsperson. Er trug seine Uniform wie ein General, und er verteilte die Post wie eine persönliche Gunst. Er – so schien es – entschied darüber, wer einen Brief bekommt, eine Postkarte, eine Mahnung oder eine Zeitung. Und er war gerecht, alle bekamen ab und zu eine Zeitung. Er hatte einen langen weißen Bart und den schleppenden Gang des Sankt Nikolaus, und so alt, wie er in meiner Erinnerung erscheint, kann er gar nicht gewesen sein.

Die Art, wie er sein Amt ausübte, muß ihn älter gemacht haben – er war so etwas wie ein Götterbote, und wenn man ihn sah, dann hatte man nicht den Eindruck, daß er die Briefe auf dem Postamt abholte. Es waren sozusagen seine eigenen Briefe – auf die er ab und zu wohlwollend verzichtete, sie wohlwollend einem glücklichen oder unglücklichen Empfänger übergab. Und weil er so langsam war, lebte er eigentlich den ganzen Tag in unserem Quartier und übte sozusagen die Arbeit eines verschlafenen Nachtwächters tagsüber aus.

Nein, das war nicht auf dem Land, und das war keine Idylle. Das war in einer Stadt, die im übrigen so ungemütlich war wie andere Städte, und die Nachbarn waren nicht anders als anderswo.

Erwähnenswert wäre er auch nicht, unser damaliger Briefträger, hätte er nicht eine Eigenschaft gehabt, die mir als Bild dauernd im Kopf bleibt: Unser Briefträger war ein leidenschaftlicher Leser. Wo er auch immer ging, er war dauernd – gehend – am Lesen.

Er las die Zeitung, ging ein paar Schritte, blieb stehen, ging wieder bis zum entsprechenden Briefkasten, las den Artikel vor dem Briefkasten zu Ende, faltete die Zeitung und warf sie ein.

Er öffnete unverschlossene Drucksachen und las die Prospekte. Und wohl nur, weil Zeitungen so unförmig sind, bevorzugte er Postkarten. Er las, er blieb stehen, er schüttelte den Kopf über einen Rechtschreibfehler, er freute sich über eine gute Nachricht, und wenn ihm die Postkarte ganz besonders gefallen hatte, dann legte er sie nicht nur in den Briefkasten, sondern er läutete, grüßte freundlich und sagte: »Ihrer Schwester im Tessin geht es sehr gut, sie haben wunderschönes Wetter, und sie hat sich auch gut erholt.«

Hätte jemand über sein Verhalten bei der Post geklagt, er hätte wohl Schwierigkeiten bekommen und wäre wohl im Wiederholungsfalle entlassen worden.

Aber geklagt hat niemand. Geärgert darüber haben sich wohl alle – und unrecht war es auch, aber es war nun mal so, und er war nun mal so – und ein richtiger Briefträger hätte ihn nicht ersetzen können.

Beim Lesen meiner Fichen ist er mir wieder eingefallen, unser guter alter Briefträger, der unsere Postkarten nicht etwa im Geheimen las, sondern öffentlich und mitleidend, sich mitfreuend, teilnehmend. Und er teilte den Adressaten auch mit, was er jetzt wußte. Hie und da hat man gern einen Mitleser, und er war ein besorgter Mitleser.

Das Postgeheimnis – so scheint mir – war bei ihm in guten Händen.

Inzwischen wissen wir, in wie schlechten Händen

es bei den offiziellen Hütern des Geheimnisses ist.

Das, was unser Briefträger getan hat, war wohl – wenn auch akzeptiert – illegal. Genauso illegal wie die Machenschaften der Bundespolizei – die mir im übrigen nicht eine Fotokopie meiner Fiche, sondern eine Fotomontage geschickt hat – eine schlecht gemachte Fotomontage sogar. Es fehlen in ihr ganze zehn Jahre, die vielleicht auf die Überwachung eines prominenten Freundes hätten hinweisen können. Aber ich will davon nichts mehr wissen. Es ist mir verleidet, mit Illegalen über die Legalität zu streiten, mit jenen auch, die heute wieder von Rechtsstaatlichkeit sprechen, wenn es um das Leid kurdischer Familien geht.

Woher beziehen sie übrigens das Recht, mir die Fichen zuzustellen? Aus einer bundesrätlichen Anweisung, über die auch niemand abgestimmt hat.

Eine solche Anweisung wäre doch auch aus humanitären Gründen gegenüber Kurden denkbar, ohne daß die Rechtsstaatlichkeit verletzt wird.

Was mir aus Fichen, die ich gesehen habe, entgegentritt, das ist Haß – persönlicher Haß von kleinen anonymen Beamten.

Unseren Briefträger aber kannten wir, er liebte uns, und seine Schnüffelei war Anteilnahme.

Das Lob der Armut

Sieben Kinder waren sie – irgendwo im Aargau –, der Vater früh gestorben, die Mutter eine wunderbare Frau, die sieben Kinder durchbrachte als Putzfrau, und im Dorf hatten sie's nicht gut, weil sie arm waren. Aber alle sieben haben eine Lehre gemacht, es ist aus allen etwas geworden.

Warum erzählt er mir das, der Fremde im Zug?

Er hat mich angesprochen. Er hat schon von mir gelesen, irgendwo, vielleicht in der »Schweizer Illustrierten«, und er weiß also, daß ich Schriftsteller bin, und er stellt sich darunter wohl irgend etwas vor, zum Beispiel, daß ich Geschichten mag – und Geschichten sind eigenartigerweise immer wieder Geschichten über Armut.

Ich habe noch keinen getroffen, der mir in der Eisenbahn erzählt hätte, wie reich und wohlhabend er aufgewachsen sei.

Tolstoi und Dostojewski haben sie uns erzählt, und Keller und Gotthelf und Johanna Spyri in ihrem Heidi – die Geschichten der Armut, die Geschichten des reichen, blühenden, spannenden Lebens der Armen. Die Dichter haben die Armut

beschrieben – oft aus politischem Engagement, zum Aufrütteln, zum Aufmerksammachen auf soziale Mißstände –, aber immer wieder auch mit dem Mißerfolg, daß Armut ein wunderschönes, farbiges und großes Bild abgab.
Ich höre meinem Nachbarn im Zug gern zu, er kann schön erzählen aus seiner Jugend, und er schimpft nicht auf die heutige Wohlstandsjugend, die das alles nicht kennt. Er ist stolz darauf, aus der Armut zu kommen, und er hat einen Beruf und eine Familie, erwachsene Kinder und Enkel, und er ist zufrieden.
Wir sprechen auch über viel anderes, und ich verstehe mich gut mit dem Mann.
Und plötzlich höre ich mich den Satz sagen: »Mein Vater war Eisenbahner«, und ich meinte wohl damit, daß ich selbst auch eine Herkunft hätte, auch aus dem einfachen Leben komme – das Signal ist gesetzt, wir kommen aus dem Gleichen, wir haben einen ähnlichen Jahrgang, wir stammen aus den Zeiten, als es noch Armut gab.
So hat mir das schon mein Vater erzählt, der auch aus der Armut kam, und so hat es ihm der Großvater erzählt, der auch aus einer sehr wirklichen Armut kam, und so werden es wohl dereinst unsere Söhne ihren Söhnen weitererzählen – alle wollen aus der Armut stammen. Alle haben in

ihrer Ahnenreihe einen armen Bergbauern, eine arme Heimarbeiterin, einen armen Weber, und alle sind stolz darauf.

Ich glaube, das ist ein sehr schweizerisches Thema. Die Geschichten aus der Kriegs- und Nachkriegszeit, die mir gleichaltrige deutsche Freunde erzählen, klingen jedenfalls anders – weniger romantisch, und sie werden nicht mit strahlenden Augen erzählt. Und es war wohl schon die Literatur, die immer wieder Modelle angeboten hat, Armut im romantischen Licht erstrahlen zu lassen.

Es muß wirklich mal eine ärmere Schweiz gegeben haben. Sie war auch in diesem Jahrhundert noch ein Auswanderungsland. Und die Formel »Bergbauer« – nur die Formel, nicht die Wirklichkeit – ist eine besänftigende Vorstellung. Die romantischen Bilder der Armut haben sich uns eingeprägt. Das macht es uns unmöglich, uns mit gegenwärtiger, heutiger Armut zu befassen. Die Bilder der heutigen Armen wollen jenen von Johanna Spyri – eine fantastische, sozialkritische Autorin ihrer Zeit – nicht mehr gleichen.

Der Drogenabhängige läßt sich kaum mehr romantisieren. Der Arbeitslose weiß, daß jeder annimmt, er sei selber schuld. Armut ist in unserer reichen, stinkreichen Schweiz nicht mehr vorstellbar. Es gibt sie zwar – das wissen alle –, aber sie ergibt kein schönes Bild mehr. Sie will jenem Bild, das wir uns alle von unserer armen Jugend machen, nicht gleichen. Also hassen wir sie, die Armen unserer Zeit, weil sie die Legende unserer Herkunft zerstören, die in meinem Falle nur Legende ist, meine Eltern haben zwar nicht viel verdient – in Armut, nicht einmal in Spuren von Armut, habe ich nie gelebt. Aber schön würde sich das schon ausnehmen in einer Biographie, und auch ich sage mit Stolz: »Mein Vater war Eisenbahner.«

Wir träumen alle von einer ehemaligen armen Schweiz, die wir zwar alle nicht mehr möchten, aber die uns als Rührseligkeit so lieb geworden ist.

Und irgendwie habe ich dieses Bild der ärmeren Schweiz auch in meinem Kopf, und ich hatte arme, mausarme Schulkollegen, und ich wußte, wo sie wohnen: In der Altstadt zum Beispiel in uralten Häusern – die heute von den Reichen bewohnt werden, die sich mit renovierten, geschwärzten Balken an die Rustikalität der Armut erinnern.

Ja, es gab Arme – und sie waren wirklich arm – aber sie hatten Platz.

In der reichen Schweiz gibt es keinen Platz für Arme, keine Chance für Arme, keine Wohnung für Arme.

Daß Flüchtlinge arm sind – zum Beispiel –, das ist der einzige Grund dafür, daß sie bei uns keinen Platz haben.

Die richtigen Golns

Eines der ersten Wörter, die Nora kannte, war das Wort »Goln«. Sätze bildete sie noch keine, aber sie zeigte auf jeden »Goln« und erkannte ihn, konnte ihn unterscheiden von den gewöhnlichen Menschen, und sie freute sich, wenn sie einen »Goln« sah, auf einem Plakat, auf einem Bild.
»Goln« war ihre Bezeichnung für Clown – und wenn auch das Wort »Gloon« viel leichter zu sprechen gewesen wäre, sie beharrte auf dem komplizierten Ausdruck »Goln«, und sie liebte die Golne, ohne sie je in Aktion gesehen zu haben.
Sie hat nicht gelacht, wenn sie einen Goln sah, sondern sie hat sich gefreut – gefreut darüber, daß sie ihn erkannte, und gestaunt darüber, daß er anders war.
Irgendwie hatte ich damals immer das Gefühl, daß Golns etwas anderes sind als Clowns, und einige von ihnen werden für mich für immer Golns bleiben – Laurel und Hardy, Buster Keaton, Charlie Rivel – Golns wurden mir zur Bezeichnung einer Art von Menschen.
Nora – und das erstaunte mich – konnte Golns mit absoluter Sicherheit von »normalen« Menschen unterscheiden: geschminkte Clowns, die

dummen Auguste, und ungeschminkte, Charlie Chaplin. Und dies sozusagen ohne Sprache, ohne Sätze, ohne Anleitung – nur mit einem Wort, »Goln«.

Ich möchte wissen, wie es kleinen Kindern gelingt, das Gewöhnliche vom Außergewöhnlichen zu unterscheiden. Warum bringt man sie mit Purzelbäumen zum Lachen? Warum erkennen sie das, was nicht normal ist? Und warum lieben sie es?

Inzwischen ist Nora älter geworden, und sie war schon oft im Zirkus. Sie hat inzwischen gelernt, daß sie Clowns heißen, sie hat sie inzwischen in Aktion gesehen, und sie hat inzwischen auch schon schlechte Erfahrungen mit ihnen gemacht. Einer hat einmal mit einem Gewehr in die Luft geschossen, das hat Nora ihm sehr übel genommen, und ihr positiver Kommentar nach einem Zirkusbesuch heißt: »Die Clowns haben nicht geschossen« oder: »Der kleine freche Clown, der immer schießt, war nicht dabei.«

Sie freut sich auf die Clowns, auch wenn einer sie einmal ganz bitter enttäuscht hat.

Kürzlich hat sie einen Kinderzirkus besucht. Das hat ihr sehr gefallen, und als ich sie fragte, ob es denn auch Clowns gehabt hätte im Zirkus, da sagte sie: »Nicht richtige Clowns, nur Kinder, die so angemalt waren wie Clowns und so taten wie Clowns«, und auf meine Frage, ob sie denn lustig gewesen wären, sagte sie: »Ja, sie waren so lustig wie richtige Clowns.«

Richtige Clowns sind also nicht angemalt, sondern sie sind eine Art von Menschen – vielleicht eine Art von Menschen, die sich anmalen.

Und plötzlich erinnerte ich mich, ich hatte das – wie wir alle – schon längst vergessen. Clowns waren auch für mich, damals als Kind, richtige Menschen, ganz andere Menschen als die Menschen sind, alternative Menschen, die Hoffnung darauf, daß Menschen anders sein könnten – daß sie dumm sein könnten zum Beispiel. Eigenartig, kaum kennt man die Menschen ein bißchen, möchte man schon, daß sie ein bißchen anders wären, eine ganz andere Art von Menschen, und die ganz andere Art ist nicht eine Bedrohung, sondern eine Hoffnung – auch dann, wenn ein einzelner kleiner Frecher sich absolut bedrohlich benimmt und mit einem Gewehr schießt. Nora wird es ihm ein Leben lang übel nehmen – aber nur ihm selbst und nicht den Clowns.

Man könnte jetzt Überlegungen zum Rassismus der Erwachsenen anstellen, Überlegungen zum Fremdenhaß. Aber lassen wir das. Sehr wahrscheinlich ist unser Fremdenhaß nur angelernt, und wir haben nur die Freude am anderen, am Anderssein, verloren.

Als am Bahnhof der Zirkus die Tiere auslud, gab

ein Dreijähriger seine begeisterten Kommentare ab. Er kannte die Tiere, die Pferde, die Elefanten, das Nashorn, und er war begeistert, daß er sie erkannte. Er nahm sie mit ihren Namen in Besitz – sie gehörten nun ihm und sie gehörten nun zu ihm.

Und dann kam plötzlich eine sehr kleine Frau – eine Liliputanerin – mit Pferden aus dem Eisenbahnwagen und ritt auf einem der Pferde davon, und der Kleine rief: »Ich weiß, was das ist, ich weiß, was das ist – das ist ein Clown, ein richtiger Clown.«

Und er erzählte nur noch davon, daß er einen richtigen Clown gesehen habe, und die richtigen Elefanten und das richtige Nashorn waren unwichtig geworden.

»Siehst du«, sagte er zur Mutter, »das ist ein richtiger Clown, er hat nicht einmal eine rote Nase.«

Gefunden werden

Es gibt in der Schweiz viele jugoslawische Arbeiter, und man nennt sie Jugoslawen, und sie sprechen selbstverständlich alle jugoslawisch – eine Sprache, die es nicht gibt und die niemand spricht. Daß sie serbisch, kroatisch, slowenisch sprechen, das widerspricht unserer Vorstellung, daß sie alle gleich sind – eben alles Jugoslawen oder – so die despektierliche Abkürzung – Jugos. Wir sind irgendwie darauf angewiesen, daß sie alle gleich sind. Damit beginnt übrigens auch Rassismus, daß man von einer Gruppe von Menschen behauptet, sie seien alle gleich.
Ähnlich geht es uns mit Spaniern, von denen wir annehmen, daß sie spanisch sprechen, wenn auch ein großer Teil unserer spanischen Arbeiter galizisch spricht. Wir mögen nicht differenzieren. Wir wollen, daß sie alle gleich sind.
Nun wird Jugoslawien zum Problem, nicht nur zum nationalen, sondern auch zum europäischen, und nicht nur wir, sondern auch die Politiker, die Ministerpräsidenten und Außenminister hätten nun vom einen Tag auf den anderen zu lernen, daß sie verschieden sind. Wir werden es vielleicht schmerzlich zu lernen haben.

Ich hatte lange Mühe mit den feministischen Forderungen nach einer toleranteren Sprache, nach einer weniger männlichen Sprache. Ich glaubte, daß, wenn ich Schreiner sage, die Schreinerinnen selbstverständlich auch gemeint seien – bis ich dann einmal den Satz hörte: Wir wollen nicht nur gemeint, wir wollen genannt sein.
Auch das geht mir durch den Kopf, wenn die Slowenen Slowenen sein möchten, wenn die Kroaten Kroaten sein möchten und die Kosovo-Albaner Kosovo-Albaner. Sie möchten genannt sein. Ich bin nicht so ganz sicher, ob das nur mit dem neuen alten Nationalismus zu tun hat – vielleicht auch wirklich mit dem Ende der Nationen. Nicht mehr die Nation ist die Identität, sondern die Sprache, die Umgebung, die Lebensformen. Ich kann mir eine Welt ohne Nationen vorstellen – eine Welt voller selbständiger Minderheiten, eine pluralistische Welt, in der jeder bei seinem Namen genannt wird und nicht in seiner zufälligen Nationalität – eine Welt, in der man fremde Arbeiter nicht mit Jugo anspricht.
Wir würden oder werden es wohl schmerzlich lernen müssen.
Etwa so, wie ich lernen mußte, mit kleinen Kindern Verstecken zu spielen. Ich war der Meinung, es gehe in diesem Spiel darum, möglichst lange oder gar nicht gefunden zu werden. Und ver-

suchte, es den Kindern auch immer wieder mit langen Erklärungen beizubringen. Aber sie ließen nicht ab davon, sie erklärten mir immer zum voraus, wo sie sich verstecken werden und wo sie gefunden werden wollen, und sie fanden das Spiel so viel spannender.

Sie hielten es vor Spannung fast nicht aus, weil sie wußten, jetzt zählt er bis zehn, und dann wird er kommen und wird mich hier finden.

Gefunden werden – wir hätten noch viele zu finden, die irgendwo in Nationen versteckt sind und darauf warten, gefunden zu werden.

Wenn wir sie nicht finden, dann machen sie das, was die kleinen Kinder beim Versteckspiel machen: Sie werden schreien und rufen und klopfen und stampfen, bis ich endlich weiß, wo sie sind, und sie finde.

Ich jedenfalls kriege immer wieder ein schlechtes Gewissen, wenn irgendwo im Ausland die Schweiz dafür gelobt wird, daß hier mehrere Sprachen friedlich zusammenleben. Das mag ja eine politische Leistung der Schweiz sein. Ich selbst habe damit fast gar nichts zu tun – leider –, denn ich wüßte nicht, wann und wie ich mir Mühe gegeben hätte, sie zu finden, die Romands, die Rätoromanen, die Tessiner, und wenn sie eines Tages aufschreien würden, wäre ich jedenfalls nicht ohne Schuld. Und auch wir verlassen uns in dieser Sache ausschließlich auf die Selbstverständlichkeit der gemeinsamen Nation – und dies bis jetzt auch mit Recht.

Der Asylant aus Magdeburg

Am 2. September 1795 – drei Jahre vor dem Zusammenbruch der alten Eidgenossenschaft – kam ein Mann bei Schaffhausen über die Schweizergrenze. Er kam aus Magdeburg (das liegt heute in der ehemaligen DDR und lag erst vor kurzem noch in der DDR – so schnell wechseln die Zeiten), Magdeburg lag damals noch in Preußen. Der Preuße, der damals ankam, hieß Heinrich Zschokke, ein Schriftsteller und Theologieprofessor, und er war – wie er in sein Tagebuch eintrug – »begierig, im Lande Wilhelm Tells die Segensfrüchte der Freiheit kennen zu lernen«.

Der Preuße Zschokke war erst einmal sehr enttäuscht: »Im allgemeinen hatte ich schon ein freieres Volk in den preußischen Staaten gesehen, denn hier in der Schweiz, wo diese große Mehrheit der Gesamtbevölkerung in erblicher Dienstbarkeit von reichsstädtischen Patriziaten und Zunftherren eines Hauptstädtchens lebte; oder in trauriger Geistesknechtschaft eines gebieterischen Priestertums.«

Heinrich Zschokke – ein Freund von Heinrich von Kleist, mit dem er einen Wettstreit austrug über das Thema »Der zerbrochene Krug« – war

von diesem Land Schweiz tief enttäuscht. Er schrieb: »Die Schweiz stand da, ein verdorrtes politisches Gewächs des Mittelalters; ohne gemeinsames Haupt; ohne festen Verband ihrer einzelnen kleinen Staaten, ohne Eintracht der Regierungen mit den Regierten – das ganze ein planlos zusammengestelltes Gemenge kleiner Städte, Abteien und Ländchen, die gegeneinander in spießbürgerlicher Majestät eifersüchtelten.«
Der enttäuschte Heinrich Zschokke verließ diese Schweiz schnell wieder und ging nach Paris.
Sozusagen durch Zufall kam er zurück in dieses Land, wurde Schulleiter im Kanton Graubünden, begann in Zeitungen zu schreiben und setzte sich mit aller Kraft dafür ein, daß Graubünden die damals neue Verfassung der Schweiz annahm.
Die Verfassung hat ihm nicht gefallen und niemandem. Sie war der Verlust der eidgenössischen Unabhängigkeit – aber er glaubte, daß Zusammenbleiben nun das Wichtigste war.
Der Aargauer Stapfer wurde auf diesen Preußen – kein Schweizerdeutsch, keine Schweizerart – aufmerksam und holte ihn nach Aarau in die Regierung. Da saß er nun, der Preuße, der ursprünglich enttäuscht, bitter enttäuscht war von dieser Schweiz, und hatte sich an ihr zu beteiligen als Minister, als Verantwortlicher.
Er hielt nicht viel von der rebellischen Legende

Wilhelm Tells – aber immerhin, er hielt sie für eine Chance. Er war übrigens – der »Asylant« – nach einem halben Jahr bereits Bündner Bürger geworden und nach einem weiteren Jahr Aargauer.
Und er begann das zu verwirklichen, was er sich vorstellte, bevor er in diese Schweiz kam. Er setzte sich vehement ein für Volksbildung, denn Demokratie – so glaubte er – ist ohne ein politisch gebildetes Volk nicht möglich. Er hatte eine Vorstellung von einer Schweiz, er hatte eine Utopie – die hätte er auch in Preußen erhoffen können, aber er hat sie hier erhofft.
Das haben wir ihm zu verdanken – und vielen anderen Liberalen auch. Wir aber feiern in diesem Jahr und immer wieder viel lieber »das verdorrte politische Gewächs des Mittelalters«.
Was hat uns Heinrich Zschokke denn Übles angetan, daß wir ihn nicht kennen mögen? Was haben wir eigentlich gegen unsere Demokratie?
Warum will niemand in diesem Land die Geschichte unserer Demokratie hören? Warum hat niemand – ich nicht, du nicht, Sie nicht – je in der Schule von dieser Demokratie gehört? Schämen wir uns? Warum?
Zschokke übrigens ist 1848 gestorben, in jenem Jahr, als unsere erste Bundesverfassung, für die er kämpfte und von der wir profitierten, in Kraft trat.

Ein Kampf gegen alle

Gegen Burgdorf waren wir nicht gut. Wer »wir«? Der FC Solothurn, dessen Heimspiele ich besuche. Ich weiß immer noch nicht, ob es mir eigentlich sehr wichtig ist, daß der FC Solothurn gewinnt. Aber wenn er verliert, dann bleibt so ein ungutes Gefühl zurück. Vielleicht aber besuche ich gar nicht den FC Solothurn, sondern ich besuche vielmehr die Besucher des FC Solothurn – vor dem Spiel und nach dem Spiel in dem kleinen Beizli unter der Tribüne. Dort kann ich endlich mit Leuten, die wohl sonst selten meiner Meinung wären, gleicher Meinung sein, die gleichen Wünsche haben – den einfachen Wunsch nämlich, daß Solothurn gewinnt –, und wenn wir »Solothurn« sagen, dann meinen wir das nur als Abkürzung für »FC Solothurn«, und wir haben keineswegs den Eindruck, daß nun die Stadt Burgdorf die Stadt Solothurn geschlagen hätte – 4 zu 1, ein fast vernichtendes Resultat –, nein, es geht nur um die beiden Fußballclubs, wenn ich mir auch immerhin merken kann, daß der eine Solothurn heißt, meist in Rotweiß spielt, und wenn ich auch weiß, daß mir das Spiel ohne Engagement für die eine Mannschaft – die rotweiße – nicht gefallen könnte.

Daß ich ein Freund des FC Solothurn bin, das halte ich für untypisch für mich, für eigenartig, und deshalb wohl macht es mir Spaß.
Im Beizli vor dem Spiel üben wir uns ein in die Niederlage. Wir sprechen inkompetent von den Schwierigkeiten und Mängeln der eigenen Mannschaft, geben eher schlechte Prognosen ab und hoffen im Stillen auf ein gutes Resultat.
Es ist uns offensichtlich doch so wichtig, daß wir eine Niederlage schwer ertragen, und deshalb haben wir uns darauf vorzubereiten mit Pessimismus und voreiliger Resignation, und was auch immer passiert, wir hatten es schon immer gesagt.
Einem Spiel zuzuschauen, wird so zu einem Spiel, zu einem Nervenkitzel, den man sich selbst eingebrockt hat, wird so zu einem Spiel mit sich selbst.
Sie haben bestimmt das Spiel zwischen der Schweiz und Schottland gesehen. Alle haben es gesehen – ich auch. Und hier ist wohl »Schweiz« keine Abkürzung mehr für Schweizer Nationalmannschaft oder für »FC Schweiz«. Nun geht es doch plötzlich um mehr, um die nationale Ehre sozusagen. Auch hier haben wir uns selbstverständlich mental auf eine Niederlage vorbereitet, auf eine schwere Niederlage sogar – sie wäre unter anderen Bedingungen ja kaum zu ertragen. Um so

mehr die Freude über die erste Halbzeit. Das haben wir doch gewünscht, daß wir überrascht werden von der Schweiz. Ich habe das Spiel in einer Beiz – im »Steinbock« – angeschaut, denn Fußball ohne Publikum ist furchtbar langweilig. Wir haben da auch applaudiert und sind aufgesprungen – und es war halt dann doch »*die* Schweiz«, die da spielte, wir, die Schweiz.
Und als es ein bißchen harzte in der zweiten Halbzeit, da rief einer plötzlich: »Die Schweizer waren immer Idioten, die waren immer gut und die stärksten, und die hätten früher die ganze Welt, ganz Europa erobern können«, und er wußte sogar noch ein Ereignis – die Burgunderkriege –, »aber die waren immer so blöd, daß sie es dann sein ließen, wenn wir die ganze Welt beherrschen würden, dann hätten wir jetzt keine«, ich zog den Kopf ein und wußte, was jetzt kommt, »keine Tamilen hier.«
Er kann sich nicht einmal vorstellen, daß, wenn die Schweiz durch Eroberungen größer geworden wäre, dann wohl alle Schweizer wären, die in diesem Gebiet wohnen würden. Nein, er glaubt, wir – er und ich – wären die Herrscher und die anderen die Geschlagenen für ewige Zeiten.
Ja, auch ich hätte mich gefreut, wenn die Schweiz gewonnen hätte. Und die Analyse, daß sie gut gespielt haben, war ein schwacher Trost.

Aber ich fürchte mich doch davor, wenn ich mir vorstelle, daß er sich vorstellt, daß jedes Spiel sozusagen ein Kampf gegen – gegen wen? gegen alle! – gegen die Tamilen ist.

Die Flucht nach Olten

In Olten fluchen die Leute nicht – ich bin fast sicher, daß ich den Satz erfunden habe, damals, denn ich traue meiner Mutter nicht zu, daß sie mich in dieser Sache angelogen hätte.
Ich war fünf damals, und ich wurde nach Langnau gebracht, in die Ferien, weil wir von Luzern nach Olten umzogen und weil die Anwesenheit des kleinen Fünfjährigen dabei wohl zu umständlich gewesen wäre.
Immerhin, Olten, das klang so schön in den Ohren des Kleinen. Ich kann mir das heute nicht mehr so recht vorstellen, daß das Wort »Olten« so schön klingen konnte – aber ich, der Kleine, war so furchtbar stolz darauf, daß wir umziehen, ich fand das doch etwas ganz Besonderes, und so bekam der Ort, in den wir umzogen, einen besonderen Klang.
Im übrigen, mein Namensgedächtnis ist schlecht, ich bilde mir nichts darauf ein, aber den Namen der Leute, die mich für meinen Satz herzlich und freundlich ausgelacht haben, weiß ich noch – Horisberger –, sie waren die Nachbarn meiner Patentante. Ich habe eben im Telefonbuch nachgeschaut, die Metzgerei gibt es noch. Ich er-

zählte also diesen Horisbergers mit großem Stolz davon, daß wir nun von Luzern nach Olten ziehen, und wohl auch, daß Olten eine wunderbare Stadt sei. Und da werden sie mich wohl ausgefragt haben und wohl mit mir so gesprochen haben wie mit einem Fünfjährigen, mit dem man eben nur spricht, damit er etwas sagt, etwas Drolliges, wenn möglich. Und sie werden Luzern gelobt haben, und sie werden gesagt haben, daß Olten nicht so schön sei, und da wird sich der kleine Fünfjährige zu dem schönen Satz aufgerafft haben: »Aber in Olten fluchen die Leute nicht.«

Horisbergers haben – mit Recht – ganz herzlich darüber gelacht. Daran erinnere ich mich genau, und von da an hatte ich einen Satz zu verteidigen, den ich erfunden hatte. Ich hatte meine Hoffnung zu verteidigen, nicht etwa vor Horisbergers, sondern nur vor mir, denn mein erfundener Satz hieß viel mehr, er hieß auch: »Die Leute in Olten lügen nicht, in Olten scheint die Sonne, in Olten sind die Leute sanft, in Olten gibt es Bananen.«

Ein paar Tage später waren wir in Olten angekommen, meine Mutter hatte mich abgeholt in Langnau, und wir kamen kurz nach dem Zügelwagen an. Ich erinnere mich genau daran, daß es sehr sonnig war, denn im Garten stand mein

Schaukelpferd, und es glänzte in der Sonne, und vor dem Haus standen Kinder, und sie glotzten, und sie sahen alle so freundlich aus.
Schon am anderen Tag hat einer geflucht und am übernächsten auch – aber es gibt ja Ausnahmen –, ich hatte nun mal einen Satz, und den hatte ich zu verteidigen: Die Oltner fluchen nicht.
Was habe ich gelitten in dieser Stadt! Wie jedes Kind in jeder anderen Stadt auch. Und mir fällt auf, daß ich inzwischen die Vorstellung »Olten« – fünfzig Jahre später – aus meinem Kopf verdrängt habe. Ich war so etwas wie ein Oltner Lokalpatriot, bevor ich dort angekommen war.
Und ich stelle mir vor, daß es Leute gibt, die heute von weit her in unsere Gegend ziehen und im voraus Lokalpatrioten sind, das Land, den Ort ihrer Träume, von vornherein loben: »Dort fluchen sie nicht, dort lügen sie nicht.«
Es gibt Politiker, die den Vorschlag machen, unser Land für Flüchtlinge »unattraktiv« zu machen. Olten war nicht attraktiv – das kann man zugeben – es war nur das andere. Lebensgefährlich war aber Olten nicht, ich habe – und sogar recht gut – überlebt, und Attraktivität war nicht die Hoffnung des Fünfjährigen.
Ich glaube, »Unattraktivität« genügt nicht. Wer »Unattraktivität« fordert, der fordert etwas ganz

anderes, nämlich Lebensgefährlichkeit. Wer sie fordert, der ist auch dafür verantwortlich.
Soll ich weiter auf meinem Satz ohne jeden Grund beharren: »In Olten fluchen die Leute nicht?«

Bescheidenheit und Entschiedenheit

Einmal sagte er: »Ich stelle fest, du verstehst zu wenig von Geschichte.« Ich hatte ihm in etwas allzu schwarzen Farben meine Eindrücke von einer Amerikareise geschildert und gesagt, daß ich mich fürchte vor einer Nation, die sich nur vorstellen kann, die erste, die führende Nation der Welt zu sein, ich hatte ihm erzählt, wie die Verarmung zunimmt in diesem Land, die Arbeitslosigkeit, das wirtschaftliche Elend.

Ich erzählte, daß ich mich vor einem Land fürchte, das nur noch eine mächtige Armee hat, um seine Vormachtstellung darzustellen. »Sie werden sich nie daran gewöhnen können, nicht mehr die erste Nation der Welt zu sein – und sie werden losschlagen.«

Da kam sein ruhiger und gelassener Satz: »Ich stelle fest, du verstehst zu wenig von Geschichte«, und er erklärte mir, daß sie sich ganz sicher daran gewöhnten, nicht mehr die ersten zu sein, und daß es schon viele Nationen auf der Welt gegeben habe, die mal die ersten waren und sich daran gewöhnen mußten, es nicht mehr zu sein.

»Die aber werden losschlagen«, sagte ich. Und er

antwortete: »Wenn es stimmt, daß sie ruiniert sind, dann werden sie auch nicht losschlagen. Sie werden es ganz einfach nicht mehr können. Die Römer wollten auch losschlagen, als es zu Ende ging, und sie konnten es auch nicht.«

Ich neige hin und wieder zu Schwarzmalereien und zu pessimistischen Prognosen, und jedes Mal, wenn mir das in Gesprächen mit Jean von Salis passierte, war ich hinterher etwas beschämt und kam mir schrecklich jung vor.

Seine Antwort habe ich hier sehr verkürzt wiedergegeben. J. R. von Salis war nie der Mann der kurzen Antworten, sondern der langen, ausführlichen und differenzierten.

Aus der Geschichte könne man lernen, sagt man. Und mir scheint, wir lernen aus der Geschichte nie. Sie wiederholt sich, weil wir nicht lernen wollen. Aber vielleicht lernten wir immer das Falsche: kleine Einzelheiten, kleine Verhaltensmuster. Wir lernten immer nur das »Nie wieder«, und dann kam es doch wieder.

Mir scheint, J. R. von Salis hat immer versucht, das Ganze zu lernen – im Wissen, daß man es nie lernen wird, aber im Glauben, daß es ein Ganzes gibt, die kleine Einsicht in Zusammenhänge machte ihn bescheiden. Dabei gehörte er immer zu den entschiedenen, zu den engagierten Menschen. Bescheiden und still in der Analyse und entschie-

den und tapfer in der Entscheidung. Die Reihenfolge ist wichtig.
Ich war noch ein Kind, als von Salis am Radio seine wöchentliche Weltchronik vortrug, und ich erinnere mich nur noch an zwei Dinge, an den tiefen Ernst meines Vaters, wenn er ihm am Radio zuhörte, und an den Klang seiner Stimme – nur an den Klang, den Inhalt konnte ich nicht verstehen, und dieser Klang nahm aber dem Kind die Angst. Da erzählte einer in geduldiger Ruhe von Dingen, über die die anderen nur schrien. Da erzählte einer von Geschichte und nicht von Sensationen. Und alle seine Hörer wußten, wo er stand und was er meinte – wenn auch seine Manuskripte von der Schweizer Zensur zusammengestrichen wurden, von einer Zensur, die nicht seiner Meinung war. Seinen Tonfall und seine Überzeugung konnte sie nicht streichen. Vielleicht sind Unbestechliche nicht zensurierbar.
Er wurde gehört, hier und in Europa. Und er hat nicht nur ein Stück Ehre für die Schweiz gerettet, sondern auch die Ehre seiner Zensoren, die hinterher wohl schnell und gern seiner Meinung waren.
Jean Rodolphe von Salis wird am 12. Dezember dieses Jahres 90jährig. Er hat jenes Jahrhundert durchmessen, in dem wir alle leben. Er hat versucht, uns die Augen zu öffnen für ein Jahrhun-

dert. Und er hat es uns nie übel genommen, wenn es uns nicht gelang – ein guter Lehrer, ein geduldiger Lehrer, für den Mißerfolg mit seinen unaufmerksamen Schülern seiner Arbeit nichts antun konnte. Er tat sie einfach, und sie war ihm selbstverständlich. Ich habe kürzlich wieder von einem jüngeren Menschen gehört, von Salis sei ein Landesverräter gewesen – das hat er wohl von seinen neofaschistischen Freunden.

Da war ich sehr stolz, sein Freund sein zu dürfen, und mit ihm zusammen – dem Europäer von Salis – bin ich gern Schweizer.

Churchill und Onkel Jules

Im Schaufenster eines Spielwarenladens habe ich einen »Roten Pfeil« gesehen. Ich betrachtete ihn lange, hatte irgendwie das Gefühl, daß ich etwas mit ihm zu tun hätte, daß er – der Rote Pfeil – etwas mit meiner Biographie zu tun hätte, und ich hätte eigentlich Lust gehabt, Passanten anzuhalten und ihnen mitzuteilen: »Schauen Sie mal – ein Roter Pfeil.«

Und ich hätte mit dem Finger darauf gezeigt, und sie hätten einen kleinen roten Eisenbahntriebwagen gesehen mit zwei eleganten Nasen vorn und hinten, und der wäre sicher den Jüngeren als nichts anderes erschienen als eben so etwas wie ein Oldtimer für Modelleisenbahnfans.

Für mich ist es aber immer noch nicht irgendein roter Pfeil, sondern eben *der* Rote Pfeil.

Als wir Kinder waren, da war die Mitteilung »Ich habe den Roten Pfeil gesehen« doch eine ganz besondere Mitteilung, und Mitschüler beneideten einen dafür, daß man ihn wirklich gesehen hatte.

Es gab auch immer wieder Gerüchte in Olten, wo ich aufgewachsen bin, daß morgen Nachmittag um 5 Uhr der Rote Pfeil im Bahnhof vorbeiführe, und wir gingen zum Bahnhof, und er kam nicht. Daß er

sogar hätte anhalten können in Olten, daran wagten wir gar nicht zu denken.
Ich hatte einen Onkel Jules in Winterthur, er war Filmer, und ich war ab und zu bei ihm in den Ferien. Ab und zu wurde dann verdunkelt, die Nachbarskinder eingeladen, und dann wurden Filme vorgeführt – langweilige Dokumentarfilme wohl, ohne Ton, ohne Farbe, aber immerhin richtige Filme wie im Kino, in das wir ja noch nicht durften.
Einer von seinen Filmen wurde uns zum Kultfilm: der Film über den Roten Pfeil. Man sah auf dem Film nichts anderes, als immer wieder den Roten Pfeil vorbeifahren. Mein Onkel war sehr stolz darauf, daß er den Roten Pfeil immer wieder »erwischt« hatte, er lag für den Roten Pfeil auf der Lauer wie ein Zoologe auf ein äußerst seltenes Tier.
Churchill ist nach dem Krieg im Roten Pfeil durch den Oltner Bahnhof gefahren. Churchill haben wir nicht gesehen, aber den Roten Pfeil.
Nur ein paar Jahre später – ich war dreißig – war ich mit einer Klasse als Lehrer auf der Schulreise. In Olten hatten wir umzusteigen, um nach Liestal zu fahren – und da stand der richtige Rote Pfeil und wir »durften« mit dem ganz richtigen Roten Pfeil fahren. Er sah etwas abgetakelt aus, aber immerhin.

Ich muß mich vor meinen Schülern sehr lächerlich gemacht haben. Ich ging im Wagen auf und ab und sagte: »Der richtige Rote Pfeil«, ich versuchte zu erklären: Churchill und Onkel Jules, es nützte alles nichts, für sie blieb es ein ganz gewöhnlicher Triebwagen – da konnte mein Herz so hoch schlagen, wie es wollte.

Nein, nicht die Zeiten hatten sich geändert, nur die Formeln: Die Formel »Roter Pfeil« gab es nicht mehr.

»Ich war schon lange nicht mehr an der Generalversammlung unseres Vereins – aber ich war da mal aktiv und ging wieder einmal«, erzählte mir kürzlich ein Freund, »da saßen sie dann – die Ehemaligen – und sprachen von alten Zeiten, von den würdigen Zeiten, und der Präsident sprach von Tradition und Leistung, und da saßen die Jungen und verstanden nichts.«

Und so gefiel es dann den Alten nicht mehr und den Jungen schon gar nicht.

Sie tun aber immer noch dasselbe, die Jungen – sie machen Blasmusik, mit Begeisterung und Einsatz.

Den Alten genügt das nicht, weil die Formeln und die Namen und die alten Tugenden nicht mehr da sind. Weil das alles jetzt nichts mehr gelten soll: Hugo Koblet und Leo Amberg, das Restaurant »Helvetia« und der Stadtpräsident Soundso und eben der Rote Pfeil, der doch ein ganz besonderer war.

Und das nimmt man dann seit Jahrtausenden den Jungen übel und behauptet, daß sie keine Werte mehr kennen.

Der bewaffnete Stolz

»Sei stolz darauf, ein Deutscher zu sein«, sagt mir einer hier in New York an der Bar, nachdem er meinen deutschen Akzent erkannt hat. Das Suchen nach einer Antwort in einer fremden Sprache sieht oft aus wie Entsetzen, und so beeilt er sich anzufügen: »Ich bin stolz darauf, Italiener zu sein, hundert Prozent Italiener, dritte Generation – und nicht Sizilianer.«

Sein Großvater sei aus Kalabrien gekommen. Das liege in Mittelitalien. Ich versuche ihm zu erklären, wo Kalabrien liegt. »Ja, ja, am Fuß«, sagt er, »und der Fuß liegt in Mittelitalien.« Er wollte ganz sicher sein, kein Sizilianer zu sein, und so schob er seine Herkunft auf die Höhe von Rom.

»Sei stolz darauf, ein Deutscher zu sein« – nachdem ich keiner bin, machte mich das doppelt verlegen. Soll ich ihm jetzt sagen, daß ich Schweizer bin? Etwa so, wie er – »Mittelitaliener« – kein Sizilianer ist. Soll ich jetzt stolz darauf sein wie er, nicht zu den anderen zu gehören – stolz darauf, kein Schwarzer zu sein, kein Spanier zu sein –, nicht zu den anderen zu gehören, sondern zu uns.

Ich verzichte darauf, ihm das in meinem schlech-

ten Englisch zu erklären, und ich plaudere weiter mit ihm, froh darüber, daß mir überhaupt jemand Gelegenheit gibt, Englisch zu sprechen. Aber auch mit gutem Englisch wäre wenig zu machen: »Nicht stolz darauf sein«, auf irgend etwas, das gibt es für Amerikaner kaum.
Und das Wort »stolz« – to be proud of – hört man jetzt vor den Wahlen täglich von den Kandidaten. Stark sein, Power haben, sich verteidigen.
In einer Schule hier wurden von einem Fünfzehnjährigen zwei Mitschüler erschossen. Die Zeitungen sind täglich voll davon. Die Politiker sind entsetzt. Der schwarze Bürgermeister hält Reden, gute Reden, gescheite Worte: »Es geht nicht um Gewaltlosigkeit oder Gewalt – es geht um Gewaltlosigkeit oder Nichtexistenz, Tod.« Die Schüler in jener Gegend sind bewaffnet, gehen bewaffnet zur Schule. Sie brauchen die Waffen zur Selbstverteidigung, sagen sie – wohl auch für das Selbstwertgefühl, für ihren Stolz. Die Stadt New York will nun für Millionen Detektorgeräte anschaffen, mit denen man die Schüler vor dem Betreten der Schule nach Waffen untersuchen kann. Es ist entsetzlich – es muß etwas geschehen.
Das Pentagon hat kürzlich sieben (sieben ist eine schöne Zahl – wenn schon, dann sieben) neue Kriegsszenarien veröffentlicht: Rußland erobert das Baltikum zurück usw.

Selbstverteidigung, verständliche Selbstverteidigung des Pentagons: Man hat einen großen Feind und einen großen Bruder verloren, die Sowjetunion – was soll nun mit einer Welt geschehen ohne Verteidigung, ohne Ordnung, denn der böse Feind war bis jetzt die Ordnung. Der böse Feind hat Arbeitsplätze geschaffen, der böse Feind hat die Argumente dafür geliefert, stolz auf Power und Waffen sein zu dürfen, zu können und zu müssen.

Jener 15jährige Mörder kennt das Wort »Stolz« wohl auch, und er weiß, daß man ohne Power ein Schwächling ist und ohne Feinde ein Niemand. Verletzter Stolz führt zur Selbstverteidigung, selbst dann, wenn man sich seinen Stolz selbst verletzt hat. Schuld daran ist so oder so immer der andere – der Feind: der Ausländer, der Asylant. Schweizer sein, das heißt ja vor allem einmal »kein Ausländer sein«.

Ich erinnere mich, daß die höchste Schweizer Offizierin in einem Interview mal gesagt hat, in einer friedlichen Welt wäre sie die erste, die für die Abschaffung der Armee wäre, und ich wunderte mich damals, warum sie gleich die erste sein müßte – warum nicht die zweite oder dritte oder zwanzigste.

Und gab es irgendwo in einem Verteidigungsministerium ein Szenario für den Fall der Auflösung der Sowjetunion, das Szenario einer Welt ohne Selbstverteidigung?

Der Fünfzehnjährige glaubte jedenfalls, sich verteidigen zu müssen – damit ist er nicht entschuldigt. Aber damit entschuldigen sich (fast) alle Nationen dieser Welt und führen ihre blitzblanken wunderschönen Waffen an strahlenden, wehrwilligen Kinderaugen vorbei.

Übrigens, daß die Eskalation der Gewalt unter Schülern nur mit Drogen zu tun habe, das wird – so scheint mir – nach und nach zu einer immer billigeren Entschuldigung.

Plastikmeldungen über eine Plastikwelt

Eben fällt mir ein, daß ich heute vergessen habe, in der »New York Times« nachzulesen, was an den Olympischen Spielen geschah. Die Zeitung liegt neben mir, aber es ist plötzlich nicht mehr dringend. Im übrigen bilde ich mir immer ein, daß mich Sport nicht interessiert, daß ich sozusagen zufällig halt dann doch Fernsehen schaue, und »zufälligerweise« sehe ich dann die Abfahrtsrennen fast immer.
Hier in New York hatte ich mich bereits dafür entschieden, ohne Fernsehen zu leben – ganz einfach, weil kein Fernseher in meinem Zimmer stand. Aber am Tag vor dem Abfahrtsrennen bin ich doch losgerannt und habe mir bei einem Trödler einen ganz billigen kleinen Fernseher gekauft. Das Rennen fand in Frankreich um 12 Uhr mittags statt, das wäre hier also morgens um sechs gewesen. Aber das war es nicht. Die Fernsehstation CBS, die fast nur noch von den Olympics lebt, entschied sich für eine bessere Sendezeit, nämlich für abends zwischen 8 Uhr und 11 Uhr, also 15 Stunden nach dem Ereignis.
So unterließ ich es, mich in der Schweiz telefonisch nach dem Resultat zu erkundigen, ich verzichtete

auf europäische Kurzwellen und versuchte auf diese Weise, »live« dabei zu sein.
Das stellte sich als unmöglich heraus, weil »live« hier etwas ganz anderes ist. Man sah hier innerhalb von zwei Stunden – und unterbrochen durch Reklame und Gespräche, Reportagen, eine sehr schöne über die Familie von unserem Franz Heinzer – nur etwa sechs Fahrer und ein paar Stürze. Man machte es spannend und machte damit die Spannung kaputt. Skifahren ist hier zu wenig populär, als daß es an und für sich spannend sein könnte.
Wie auch immer, ich habe von hier aus keine Chance, »live« dabei zu sein. Welt findet immer dann statt, wenn sie mich erreicht – und in diesem Falle erreicht sie mich hier nicht. Die Resultate, das überrascht mich, interessieren mich hier nicht. Denn zu Hause sind sie etwas ganz anderes als nur die Sache an und für sich – sie sind ein Gesprächsstoff, eine Möglichkeit, mit dem Nachbar zu reden, eine Möglichkeit, mit dem Mann in der Beiz für einmal gleicher Meinung zu sein.
Aktualität ist nicht das, was stattfindet, sondern das, worüber man reden kann.
Ich war vor dreißig Jahren sehr überrascht, als mein Vater plötzlich begann, von Fußball zu reden – von Inter Milan und von Turin. Er hatte mit Sicherheit nie in seinem Leben ein Fußballspiel

original gesehen, und nun kaufte er sich einen Fernseher, und das Fernsehen war dasselbe Fernsehen wie das Fernsehen aller Leute – eben ein Fernsehen mit Inter Milan und Turin.
Ich kann mir nicht vorstellen, daß sich mein Vater für Fußball auch nur ein bißchen interessierte. Aber an Gesprächen aller Art war er interessiert. Er konnte jetzt mitsprechen.
Hier in New York kann ich nicht mitsprechen. Das Ereignis ist zwar genau dasselbe – die olympische Abfahrt in Albertville –, aber die Meldung darüber ist eine ganz andere. Und würde ich Gesprächspartner finden in der Bar, ihr Wissen wäre ein anderes und ihr Interesse auch.
Manchmal zweifle ich daran, daß das Ereignis wirklich stattfindet, oder ob nur noch die Meldung – nur noch das Fernsehen – stattfindet. Und ich bin fast sicher, daß mich Skirennen nicht interessieren, sondern eben nur das Fernsehen darüber.
Bernhard Russi wurde von einer Zeitung hier über die Strecke befragt, die er entworfen hatte. Zum Schluß fragte man ihn, an welcher Stelle er das Rennen anschauen werde, und er antwortete: »Am Fernseher, da habe ich den ganzen Überblick.« Das leuchtet ein. Aber es ist doch eigenartig, daß selbst am Originalschauplatz das Fernsehen dem Original überlegen ist. Könnte es sein,

daß das, was wir sehen im Fernsehen, schon längst keine Reportage mehr über etwas ist, sondern die Sache selbst, daß das Fernsehen also keine Skifahrer zeigt, sondern daß sie fürs Fernsehen fahren und ein Besuch des Originalereignisses so etwas Ähnliches ist wie der Besuch eines Fernsehstudios: Plastikmeldungen über eine Plastikwelt?

Die Wirklichkeit als Erinnerung

André R. arbeitet jetzt hier in New York in einem spanischen Restaurant als Kellner. Ich habe ihn schon einige Male gesehen. Er ist immer noch derselbe, diese eigenartige Mischung von Freundlichkeit und Arroganz, von Noblesse und Fahrlässigkeit. Die Rolle des Kellners steht ihm gut. In seinem Leben damals in der Schweiz war er nie ein Kellner – er ist vor Jahren gestorben, und hier in New York erinnere ich mich an ihn, immer wieder. Und ich sehe ihn auch – den Kellner im spanischen Restaurant.

Einen anderen Freund, der gestorben ist, habe ich hier auch wieder getroffen, in jeder Faser seines Charakters derselbe, ein Sarkast und Zyniker, der nicht das geringste Interesse zeigt, sich selbst ernst zu nehmen, er ist witzig und lustig und gebildet, und er trinkt zu viel. Ich bin froh darüber, daß mein Englisch zu langsam ist, um auf seine schnelle Witzigkeit zu reagieren. Ich würde ihm sonst wohl von jenem anderen erzählen und ihn dabei genau beobachten. Und vielleicht würde ich Recherchen anstellen und nach und nach daran glauben und verrückt werden.

Es ist diese eigenartige Stadt New York, die erinnert. Sie erinnert mich an Bubenträume von Amerika. Sie erinnert mich aber auch an meinen Großvater, der nie in einer Großstadt lebte, nie in Amerika war – der New York wohl nicht geliebt hätte –, aber New York erinnert mich an jenes 19. Jahrhundert, aus dem mein Großvater kam: die alten Häuser, die kleinen Läden, der Krämer, der Schuhmacher, der Uhrmacher – Nostalgie, gefährliche Nostalgie, die der Brutalität dieser Stadt in nichts entspricht.

Daß man New York liebt, das ist für viele, die es tun, immer wieder selbst eine Überraschung, und so ganz wohl ist es niemandem dabei – aber die Sehnsucht New York bleibt, und viele Literaten frönen dieser Sehnsucht. Vielleicht ist es das: New York erinnert.

Literatur erinnert auch. Literatur erinnert an Menschen, an Menschliches, das ist der Grund, weshalb wir Bücher lesen. Leidenschaftliche Leser sind Leute, die dauernd an sich selbst und an die Ihren erinnert werden möchten.

Diese Stadt tut das auch, sie tut es für Touristen und Besucher, für die staunenden Wanderer, die das, was für die wirklichen New Yorker harte Realität sein kann, als Bilder und Bildchen erleben – die Wirklichkeit als Erinnerung erleben.

Ob das nur für Gäste so ist oder ob nicht vielleicht auch Amerikaner und New Yorker ab und zu dieser gefährlichen Droge Erinnerung verfallen – ich weiß es nicht, und nachfragen würde wohl zu nichts führen, aber ich denke doch daran, wenn ich täglich Berichte höre und lese über den Prozeß gegen den Mafiaboß Gotti. Sein Stellvertreter Gravano hat gegen ihn ausgesagt, die wunderschönsten Mordkomplotte, Mordgeschichten und Räubergeschichten erzählt, die zwar grauenhafte und schreckliche Realität sind, Elend, Terror und bösartige Macht – und die dann, wenn man sie in der Zeitung liest, nicht an Realität erinnern, sondern an Kino, an die Filme aus der Traumfabrik. Und wenn ich das lese, dann erlebe ich es nur als Erinnerung an jene Träume – die Wirklichkeit wird zur Nachahmung der Erfindung, und die Literatur wird gefährlich und die Erinnerung besänftigt.

Gegenwärtig sind hier die Primaries: die Kandidatenauslese für die Präsidentschaftswahlen, und die Kommentatoren bemühen sich, festzustellen, daß diesmal alles ganz anders sei – andere Themen, eine andere, völlig veränderte Welt. Und das stimmt, das müßte doch eine andere Welt sein – so viel hat sich verändert.

Ich habe seit 1972 zufällig alle Primaries hier erlebt, und ich kann beim besten Willen nicht feststellen, daß diesmal etwas anders wäre als die letzten Male, selbst die Themen sind dieselben

und die Kandidaten sind dieselben – nur mit teilweise anderen Namen.
Der Zwang, nachahmen zu müssen, ist offensichtlich stärker als jede Geschichte, und so erscheinen mir auch diese Vorwahlen – in einer »ganz neuen Welt« – wie ein Theaterstück, das ich schon mehrmals gesehen habe.
Auch in diesem Sinne erinnert mich Amerika – an die Schweiz zum Beispiel.

Die Privatisierung des Lebens

New York ist eine Stadt, die einen allein läßt, und ich genieße das – allein zu sein unter vielen Leuten, unter freundlichen Leuten auch. Eine Stadt für lange Wanderungen, eine Stadt zum Staunen.
»Woher kommen Sie?« frage ich den Taxifahrer. Aus Afghanistan, aus Rußland, aus Indien, aus Senegal. Viele sprechen kaum Englisch. Fast alle Fahrer sind Emigranten. Taxifahrer ist ihre erste – schlecht bezahlte – Arbeit. »Wie lange sind Sie schon hier? Wie gefällt Ihnen New York City?«
Nein, es gefällt ihm gar nicht. Sein Leben hier ist fürchterlich, und auf die Frage, ob er denn zurück möchte nach Pakistan, folgt ein entschiedenes Ja.
Er ist aus der Armut unter Leuten in die Armut ohne Leute, in die Armut in der Einsamkeit geflohen, und ich beginne mich für meine New York-Begeisterung zu schämen. Wer hier nichts ist, kein Geld hat, gehört hier zu niemandem.
Die amerikanische Gesellschaft ist eine ghettoisierte. Man lebt hier, wenn überhaupt, nur im engsten Kreis von Freunden. Man trifft sich hier nicht in der Kneipe, sondern auf der priva-

ten Party: Familie, Freunde, Geschäftsfreunde, Gleichgesinnte, Gleichgestellte, wenn möglich auch gleicher Konfession.

Man trifft die anderen auch nicht in der Bar, die Armen, die kleinen Leute, die Trinker – denn die Bar ist teuer, und wer hier sitzt, hat Geld. Und wer viel Geld hat, der geht nicht in die Bar, sondern mit immer denselben Freunden ins Restaurant. Und New York ist immer noch die große Ausnahme in Amerika. Es gibt hier noch die gemütliche Bar.

Außerhalb von New York – in Amerika – gibt es gar nichts mehr außer dem privaten Kreis.

Das hatte einmal seine guten Gründe und war immer wieder einer der Gründe für Emigration. Unsere Schweizer Wiedertäufer sind nach Amerika ausgewandert, weil sie dort im Frieden unter sich leben konnten und können. Homosexuelle können hier im Frieden unter sich leben. Künstler können hier unter sich leben, Alternative, Sekten, Eigenartige. Das ist schön und gut, das hat mich immer beeindruckt, und es hat lange gedauert, jahrelang, bis ich merkte, daß ich hier auf Dauer nicht leben könnte. Man begegnet sich in diesem Land nicht. Mir fehlt die Beiz hier – die Beiz, wo ich jene treffe, die anders sind als ich, und wo ich alle treffe – auch jene, die ich nicht mag.

Man diskutiert jetzt hier viel über die Unruhen in Los Angeles – was zu unternehmen sei für die Besserstellung, die Integration der Schwarzen. Und was auch vorgeschlagen wird, es fehlt das Geld dazu: Bildung, Sozialprogramme, Aufklärung.
Was aber wirklich fehlt in diesem Land, ist der Ort, sind die Orte, wo man sich begegnet. Der eine Schwarze wird es schaffen, wird aufsteigen in eine Partygesellschaft, in einen Kreis von Professoren oder Geschäftsleuten oder Katholiken oder Protestanten.
Was hier geschieht, hat zwar mit Rassenhaß zu tun – aber nur am Rande, nur am Rande. Aber auch ohne Haß – und Haß ist hier nicht so häufig, der Amerikaner hat wenig Talent dafür –, auch hinterher, wenn alles gut wäre, Bildung und Sozialprogramme zum Beispiel, wäre das Grundproblem immer noch dasselbe: Man begegnet sich in dieser Gesellschaft nicht, die private Party ist kein Ersatz für öffentliches Leben. Nicht nur die Armen leben hier im Ghetto, sondern alle. Das heilige Credo der Privatisierung ist hier nicht nur ein wirtschaftliches Credo – es hat auf das ganze Leben übergegriffen. Es gibt kein öffentliches Leben mehr.
Ich komme bald zurück in die Schweiz – nicht nur gern, mir gefällt es in New York –, und ich habe

bereits geträumt davon, daß meine Beizen in Solothurn inzwischen zugemacht hätten. Das haben viele in den letzten Jahren.
Wenn sie mal alle zu sind – und es nur noch schöne Restaurants gibt –, dann werden wohl auch wir eine amerikanische Gesellschaft sein, die sich nicht begegnet. Auf dem Weg dazu sind wir bereits.

Er spricht mit mir

Mein Weg zu meiner Wohnung hier in New York führt durch das Schlafzimmer eines anderen Mannes. In der Regel schläft er schon, wenn ich nach Hause komme. Er geht früh zu Bett, zwischen neun und zehn, und oft liest er vor dem Einschlafen noch ein Buch. Ich gehe, wenn ich um elf vorbeikomme, auf den Zehenspitzen, und wenn die Nacht nicht zu kalt ist, sehe ich sein Gesicht, völlig entspannt wie das Gesicht eines Kindes, das Buch liegt noch aufgeschlagen neben ihm, es ist seinen Händen entglitten, eine Flasche mit Orangensaft steht neben seinem Bett. Ein bißchen peinlich ist es schon, jeden Abend auf den Zehenspitzen durch sein Schlafzimmer gehen zu müssen. Trotzdem, wenn er noch wach ist, grüßt er freundlich, wünscht mir eine gute Nacht, und ich erwidere den Wunsch. Er ist mein Nachbar, und wir kennen uns, ohne daß ich seinen Namen und seine Geschichte kennen würde. Aber würde er mir begegnen, irgendwo auf einem Bahnhof, ich würde ihn wiedererkennen, würde auf ihn zugehen und sagen, wir haben doch damals in New York in derselben Straße gewohnt. Vielleicht würde er mich auch wiedererkennen, weil ich ihm

hier ab und zu ein paar Dollars zustecke oder neben sein Bett lege. Irgendwie ist mir das zwar auch peinlich, aber er bedankt sich freundlich und wünscht mir alles Gute.
Vor meinem Haus hier schläft ein Homeless – ein Obdachloser – bei jeder Kälte, bei jedem Regen, und er ist mein Nachbar. Was mich an ihm so fasziniert, ist, wie ordentlich er wohnt. Ich selbst habe Mühe, meine gute und richtige Wohnung hier oben so in Ordnung zu halten, meine gutbürgerliche Existenz hat immer einen kleinen Hauch von Untergang – seine Randexistenz verteidigt er mit Ordnung, er hat zu überleben, und er hat das Tag für Tag, Nacht für Nacht.
»Not so bad« – nicht so schlimm –, sagt er, wenn ich ihn auf die fürchterliche Kälte anspreche, und ich schleiche beschämt in meine warme Wohnung. »Not so bad«, sagt er wohl nur, um mich zu trösten, wie wenn er das Gefühl hätte, ich hätte es schwer. »Not so bad«, heißt so etwas wie »Mach dir keine Sorgen«.
Nun, vielleicht ist mein Homeless-Nachbar die Ausnahme. Er scheint zum Beispiel kein Trinker zu sein, er scheint sich noch nicht aufgegeben zu haben, er liest noch Bücher und die Zeitung.
Und wenn ich ihn beschreibe, dann tu ich ihm unrecht. Denn was man auch immer beschreibt, es erhält den Hauch des Romantischen – der

romantische Clochard, Vagabund, Landstreicher, Plattenschieber. Zum mindesten diese romantischen Bezeichnungen sind verschwunden – sie heißen jetzt nur noch Homeless, Obdachlose.
Und was mich beeindruckt, ist, daß er mit mir spricht. Er fragt nicht mal, woher ich komme, woher ich meinen Akzent habe, und er nimmt es mir nicht übel, daß ich täglich durch sein Schlafzimmer gehe auf dem Weg zu meinem warmen Bett – denn ich bin ja der doppelt Fremde für ihn: Ich bin – mein Akzent verrät mich – ein Tourist, also ein Reicher, und ich bin einer mit einem warmen Bett, also ein Privilegierter.
Ich weiß nicht, ob das genauso einfach wäre, würde einer sein »Schlafzimmer« vor meinem Haus in der Schweiz einrichten.
Nun gibt es das ja in der Schweiz nicht, oder nicht so häufig. Trotzdem, ich frage mich, was geschehen würde, wenn es das gäbe. Würden wir sprechen mit ihm, würde er sprechen mit uns, und würden wir zu Nachbarn?
Aber eben, das gibt es in der Schweiz nicht.
Oder doch? Gibt es vielleicht doch Ähnliches, Vergleichbares in der Schweiz? Und wir wollen es nur nicht sehen, und wir wollen keine solchen Nachbarn. Und wir wollen nicht, daß sie mit uns sprechen. Ich jedenfalls bin dankbar dafür, daß

mein »Nachbar« mein schlechtes Englisch verträgt.
Er spricht mit mir – vielleicht um mich zu trösten –, und ich darf sein Nachbar sein. Er haßt mich nicht.

Hören und Dazugehören

Ich hatte mich für eine amerikanische Fluggesellschaft entschieden, in der Absicht, Amerika noch ein wenig zu verlängern, nach New York noch einmal acht Stunden in Amerika zu bleiben und die Schweiz erst in Zürich und nicht schon in New York zu betreten. Aber kaum hatte ich mich im Flugzeug gesetzt, erreichte mich Sprache – Deutsch, Schweizerdeutsch –, und diese Sprachen ließen mich den ganzen Flug nicht schlafen. Sie drangen quälend auf mich ein.

Ich war es nicht mehr gewohnt, mich den Gesprächen der anderen nicht entziehen zu können. Englisch kann ich immer noch abschalten: Ich kann mich entscheiden, zuzuhören oder nicht zuzuhören – entscheiden, ob ich nur menschliche Geräusche hören will oder Sprache mit Inhalten.

So hatte ich nun vier Monate gelebt, mit einer Sprache, die ich einschalten oder abschalten konnte – mit einer Sprache, die mir Spaß gemacht hat. Ich verstand sie auch immer besser. Und was für Quatsch auch erzählt wurde in der New Yorker Bar, mir war es Erfolgserlebnis genug, wenn ich – einigermaßen – verstand, was erzählt wurde. Und wenn ich Zeitung lesen wollte, dann stieg ich einfach aus dem Zuhören aus und war allein mit mir und meiner Zeitung.

Das ist der Vorteil von Fremdsprachen. Sie heißen so, weil sie einem fremd sind und weil man in ihnen fremd sein darf.

Ich steige ins Flugzeug und bin wieder dabei, gehöre wieder dazu. Hat das Wort »Dazugehören« etwa etwas mit »Hören« zu tun? Ich kann mich dem Hören nicht mehr entziehen. Hinter mir sitzt ein junges Ehepaar – zwei Wochen Karibik –, das gelangweilt auf sich einredet. Er erklärt ihr die Welt, und sie stellt pflichtbewußt die Fragen. Vor mir drei jüngere Leute – drei Wochen Florida –, es geht um Preise, um die Qualität des Buffets, um die Pferdestärke des Motorboots, um den Preis der Reise, und auch darum, wie oft schon und wie immer wieder man da war und da sein wird.

Da würden wohl Amerikaner nichts anderes erzählen, oder vielleicht noch Schlimmeres, aber ich könnte mich entscheiden, ob ich zuhören will, und würde ich mich dafür entscheiden, dann könnte ich mich wenigstens darüber freuen, daß ich die fremde Sprache verstehe.

Selbstverständlich ärgere ich mich über die Schweizer. Sie halten mich auch acht Stunden wach, und ich höre und höre und höre und gehöre dazu.

Die erste Veranstaltung, die ich, wieder in der

Schweiz, besuche, ist ein Auswärtsspiel des FC Solothurn. »Wir« gewinnen – ein wichtiges Spiel –, und ich freue mich, ich freue mich über das »wir«. Ich kann jetzt wieder schnell und schlagfertig mitreden, dumme Bemerkungen machen und halbfachmännische Kommentare, und ich gehöre wieder dazu. Ich brauche, was mir einfällt, nicht mehr zu formulieren, ich muß nur den Mund öffnen, und es läuft Sprache raus. Das ist schön, mitreden zu können. Ich werde wieder zum Fußball gehen – auf englisch würde mir das keinen Spaß machen.

Aber fremd sein ist auch schön. Es ist die Illusion des Sich-selber-Seins. Man spricht mehr mit sich selbst in einer fremden Sprache, in einem fremden Land. Und wenn man gefragt wird, dann hat man einfach zu antworten, und die einfache Antwort überrascht mich. Hie und da ist sie besser als die komplizierte, die ich auf deutsch gegeben hätte. Aber sie ist mir ein bißchen fremd, meine einfache Antwort, und ich werde mir selber fremd und beginne mich zu beobachten.

»Wie war es?« fragen mich die Leute, »du hast sicher sehr viel erlebt.«

»Ich liebe New York«, sage ich, und ich verstehe, daß sie mich nicht verstehen. »Ich habe nichts anderes erfahren als mich selbst«, müßte ich sagen.

Das nehme ich den Touristen im Flugzeug übel, daß sie sich in der Fremde nicht fremd geworden sind.
New York läßt mich fremd sein, das mag ich an dieser Stadt. Trotzdem, ich zittere für den FC Solothurn, und als mein Freund Egon den Text auf meiner amerikanischen Zigarettenschachtel zu entziffern sucht, sage ich: »Soll ich dir's übersetzen?« »Nein«, sagt er, »dann wäre es ja nicht mehr englisch.« Egon versteht mich.

Die Verzweiflung der Friedlichen

Ich war immer friedlich, ich war still und ruhig, ich hatte es schwer und ich schrie nicht – und eines Tages kriegte ich eine große Wut, und ich habe alles um mich herum zerstört, ich habe mein eigenes Haus angezündet, ich habe geschrien, weil ich gehört werden wollte – und jetzt kommen sie, die Weißen, und das einzige, was ihnen einfällt dazu, das ist, daß sie mir sagen: »Sei friedlich – be peaceful!« Aber das war ich ja schon immer, schon vorher, mein ganzes Leben lang.
Das erzählte ein Schwarzer einem amerikanischen Reporter nach den Unruhen in Los Angeles. Mir scheint, ich kenne das – ganz im Kleinen –, es ist mein eigener Teller, den ich zerschlage, wenn ich eine Wut kriege, und nicht der meines Nachbarn, und ich empfinde meine Wut nicht als Wut, sondern als Verzweiflung.
Ich werde gefragt, ob ich die Unruhen in New York miterlebt habe. Es muß hier entsprechende Bilder im Fernsehen gegeben haben, aber ich habe nichts gesehen, nur eine kleine Demonstration, der dann gleich um die Ecke zwei Autos zum Opfer gefallen sind – aber das erfuhr ich auch nur aus der Zeitung. Nein, New York war ruhig – ein

ungeheurer Satz, denn jedermann weiß, daß er nicht stimmt, und Angst breitet sich aus, die Angst davor, daß wirklich einmal alles brennen könnte, und nicht nur zwei Autos, die vielleicht, wer weiß, für ihre Besitzer schon fast alles waren.

Aber vorläufig ist es noch eine Lotterie mit sehr wenig Chancen, irgendeinen trifft es, aber es trifft nicht alle, es trifft mich nicht, es hat mich bis jetzt nicht getroffen. Vielleicht wird es mich erst treffen, wenn es alle trifft, und vielleicht ist unsere Angst nichts anderes als unser Wissen darüber, daß es auf dieser Welt Millionen gibt, die »immer friedlich waren, still und ruhig, die es schwer haben und die nicht schreien und die eines Tages eine große Wut kriegen«, wie das der Schwarze in Los Angeles erzählte.

Frage: Wieviel hätten Sie jenen, die Ihnen alles nehmen, vorher dafür gegeben, daß sie Ihnen nichts nehmen und Ihnen ein guter Teil bleibt – die Hälfte, ein Viertel, ein Zehntel?

Die Frage ist – leider – leicht zu beantworten: Nichts werde ich Ihnen geben, denn Sie haben keinen Rechtsanspruch darauf. Und gebe ich dem einen, dann kommt der andere – abgesehen davon, daß das, was mir gehört, mir gehört und ich mir einbilde, ich hätte es mit Fleiß und Eifer erworben – oder zum mindesten meine Väter oder meine Schweiz. Ich fühle mich – mir scheint, zu

Recht – unschuldig am Elend, an der Armut der anderen. Und wenn niemand daran schuldig ist, dann bleiben als Schuldige nur noch sie selbst, dann sind sie eben alle selbst schuld.
Nur eben – im Grunde genommen wissen wir alle schon längst, was der Schwarze in Los Angeles formuliert hat – fällt uns allen nichts anderes dazu ein, als das, was ihn so verbittert: Ich war ein ganzes Leben lang friedlich – und jetzt fällt ihnen nichts anderes ein, als mir zu empfehlen: »Sei friedlich!«
Noch zerstören die Gewalttätigen ihren eigenen Besitz, die Jugoslawen ihr geliebtes Jugoslawien, die Hooligans ihren geliebten Fußball, die Schwarzen ihre eigenen Hütten.
Wir aber leiden nicht mit den Jugoslawen – wir fürchten uns nur davor, daß es einmal unsere Hütten sein könnten oder unsere Länder. Und es gibt sogar Leute, die daran glauben, daß so etwas damit verhindert werden könnte, daß wir Schweizer uns weigern, zu Europa zu gehören; denn unsere Welt wäre ja eigentlich – so wie sie immer war – in Ordnung. Wir bräuchten nur noch »Stabilität« und »Frieden«, rufen den anderen zu: »Seid friedlich« und glauben damit einen menschlichen und christlichen Vorschlag zu machen – nur eben, wir meinen damit nicht ihren Frieden, sondern unseren.

Sie hätten etwas zu leisten – friedlich zu sein –, damit wir unseren Frieden haben. Und sie leisten es und leisten es und leisten es bis zur Verzweiflung, und uns fällt nicht ein, daß es unsere Sache wäre, den Frieden zu finden und zu erfinden, damit die anderen nicht nur friedlich sein müssen, sondern auch ihren Frieden haben. Ich kann mir nicht helfen, ich glaube daran – an eine mögliche friedliche Welt. Nur tu ich nichts dafür, wenn ich auch weiß, daß sie uns nicht geschenkt wird – von den andern schon gar nicht.

Sich etwas kaufen

»Also, es ist viel billiger, wenn man einen Flug nach Athen nimmt und dann dort einen Flug kauft nach den Inseln«, sagt der eine, und der andere sagt, daß sein Bruder letzte Woche geflogen sei – er weiß nicht genau, wohin –, aber er habe 700 Franken gespart, weil er so und so gebucht habe. Es gibt jetzt auch einen Flug nach Bangkok für soundsoviel, und wenn man so bucht und so fliegt, dann spart man noch einmal 200 Franken.

Sie waren schon überall, und sie kennen die Preise von überall. Der eine ist eben aus seinen Ferien zurückgekommen. Das ist der Anlaß, über Flugpreise zu diskutieren. Ich bekomme während des ganzen Gesprächs nicht mit, wo er nun diesmal wirklich war. Am Meer wohl, an irgendeinem Meer.

Er hat sich das geleistet, wie er sagt. Er hat sich etwas Teures gekauft, und er hat es sogar etwas billiger bekommen, weil er eben weiß, wie das läuft.

Die Reise, so scheint mir, ist dabei fast nebensächlich. Jedenfalls, davon wird nicht gesprochen. Ich will ihm nicht unterschieben, daß er seine Ferien nicht genossen hat, daß sie ihm nicht gefallen haben. Offensichtlich ist er nur unfähig, darüber zu sprechen.

So spricht er halt dann so über die Reise wie über den Kauf eines Autos: Preis, Qualität, technische Daten. Schließlich ist ja nicht nur ein Auto etwas, sondern eben auch der Kauf eines Autos. Es macht Spaß, zu kaufen – Teures zu kaufen und Teures günstig zu kaufen. Es macht Spaß, eine Uhr zu kaufen, eine wunderschöne Jacke zu kaufen – eine Reise zu kaufen. Nun hat er sie gekauft, die Reise, nun gehört sie ihm. Das ist ihm zu gönnen, und es ist schön und gut, daß er sich das leisten kann. Es ist auch richtig, daß er nicht zu viel ausgibt dafür. Traurig ist nur, daß der Preis an der Sache hängenbleibt: Das ist jetzt für immer eine Uhr, die 1678 Franken gekostet hat, das ist jetzt für immer eine Reise, die 945 Franken gekostet hat. Die Reise hat so im voraus einen Wert. Daß man die Uhr hinterher auch brauchen und die Reise antreten kann, das ist fast nur eine Folge und selbstverständlich.

Während ich dasitze und zuhöre, liegt mir dauernd eine Frage auf der Zunge. Aber ich fürchte mich, sie zu stellen: »Warst du denn auch schon mal in Jugoslawien in den Ferien?« Ich stelle die Frage nicht, weil ich weiß, daß ich ihn damit in Verlegenheit bringen würde. Er wüßte wohl nichts zu erzählen, und es bliebe ihm deshalb nichts anderes übrig als loszuschimpfen über alle Jugoslawen – das möchte ich jetzt nicht hören, also lasse ich die Frage. Jugoslawien kauft man jetzt nicht mehr.

Ich weiß erst seit kurzem, daß Sarajewo in Bosnien liegt, und ich frage mich, ob ich es schon länger gewußt hätte, wäre ich mal in Jugoslawien in den Ferien gewesen. Ich zweifle daran, wenn ich höre, wie sie hier am Tisch über Ferien sprechen. Jedenfalls bleibt es ein eigenartiges Phänomen, daß der Tourismus zur Völkerverständigung nichts, gar nichts beigetragen hat und daß die Bemerkung »Ich kenne die!« immer Negatives meint. Daß Reisen bildet, ist eine Weisheit, die aus einer Zeit stammt, als es noch keinen Tourismus gab.

Nun wäre es auch vermessen, von jedem zu verlangen, daß er sich auf seinen Reisen bildet, daß er gescheiter und informierter zurückkommt. Er hat bestimmt ein Recht darauf, irgendwo am Strand zu liegen, sich zu erholen und sich um nichts zu kümmern.

Das Schlimme scheint mir nur, daß er glaubt, er habe es gekauft, es gehöre ihm nun, die Reise, die Leute, das Land. Zwar kosten Reisen etwas, sie haben ihren Preis. Aber käuflich erwerben kann man sie wohl trotzdem nicht.

Die Leute hier am Tisch, die über die Preise der

Welt diskutieren, mögen die Ausländer nicht sehr und das Ausland eigentlich auch nicht. Sie möchten nicht dazugehören zum Ausland, zu Europa zum Beispiel. Könnte es sein, daß dies seinen Grund auch darin hat, daß wir gelernt haben, daß das Ausland billig ist, daß man es sich billig kaufen kann. Vielleicht ist es so, daß, wer glaubt, daß ihm die Welt gehört, nicht glaubt, dazugehören zu müssen. Den Engländern gehörte einmal eine Welt, seither haben sie sehr Mühe, dazuzugehören.

Erinnerung an die Titanic

Im Augenblick, während ich dies schreibe, spielt in Barcelona einer um die Silbermedaille. Das soll sehr wichtig sein. Wenn es ihm gelingt, dann wird er morgen auf der ersten Seite aller Schweizer Zeitungen stehen. Ich werde die Berichte lesen, ich werde mir anhören müssen, was alle und immer wieder darüber sagen.

Wenn er nicht gewinnt, dann wird morgen auf der ersten Seite anderes stehen. Das heißt auch, daß, wenn er gewinnt, das andere nicht dort stehen wird. Denn im Augenblick, während ich dies schreibe, sterben in Jugoslawien Menschen. Bosnier sterben auf der Seite der »Gerechten«, Serben auf der Seite der »Ungerechten«. Letztlich vielleicht beide schuldlos, der bosnische Soldat, der serbische Soldat. Aber der serbische wird ein Leben lang gezeichnet sein, weil er durch Zufall auf der Seite der »Ungerechten« verpflichtet war. Ich weiß davon nur aus den Medien und nur so viel, wie mir die Medien berichten können und wollen. Sollte also die Silbermedaille möglich werden – irgendwie interessiert es mich doch –, dann werden mir die Medien weniger oder nichts von Bosnien berichten auf der ersten Seite.

Schon werden die Kurden nicht mehr verfolgt. Schon leiden die Leute in der Sahelzone keinen Hunger mehr. Schon gibt es keine Probleme mehr in Sri Lanka. Von den Polen spricht niemand mehr, von politischen Gefangenen in Südamerika auch nicht. Ein Ereignis wischt das andere weg. Darüber, so fürchte ich, sind wir alle froh. Im Grunde genommen erreichen uns die Meldungen gar nicht. Wir speichern sie nicht – jede neue Meldung löscht die alte. Wir leben nicht als Zeitgenossen, als Zeitzeugen, sondern nur als Konsumenten von Aktualität, und wir sind alle darauf bedacht, daß uns die Geschichte nicht trifft. Jugoslawien geht uns nichts an, und wir wollen auch nichts damit zu tun bekommen.

Der Tennisspieler geht uns zwar auch nichts an. Wir kennen ihn nicht. Er wohnt weit im Westen unseres Landes. Er hat mit uns nur etwas mit Sicherheit gemein, die Nationalität. Doch, doch, ich kenne den Namen, ich werde mich heute abend nach dem Resultat erkundigen. Eine Niederlage wird meine Laune nicht verändern und ein Sieg auch nicht, aber wissen möchte ich das Resultat schon, ich erwarte, daß es morgen in der Zeitung steht, und ich werde es in einigen Wochen vergessen haben – ein Ereignis wischt das andere weg.

Eigenartig aber ist, daß es Ereignisse gibt, die sich

gehalten haben über Jahrzehnte und über Generationen. Ich denke zum Beispiel an den Untergang der Titanic. Er ist uns präsenter als der Erste Weltkrieg, als der Zweite Weltkrieg. Ich suche in meinem Lexikon nach der Titanic. Es steht ein großer Artikel über sie darin. Ich suche andere Schiffe, Andrea Doria z.B. – sie fehlen. Warum? Vielleicht, weil man sich damals die Ereignisse noch erzählen konnte. Vielleicht, weil Zeitungen damals noch erzählten. So wurde die zeitgenössische Geschichte zu Geschichten, zu etwas, das uns betrifft. So wurde die Titanic etwas, das uns alle immer noch betrifft, ein Mythos.

Erinnern Sie sich noch an den Ungarnaufstand 1956, an den Prager Frühling 1968? Fällt Ihnen auch auf, daß damals niemand von Flüchtlingsquoten sprach, daß man zwar Enttäuschungen erlebte mit einzelnen Ungarn, weil sie nicht ganz so waren wie wir, aber sie durften kommen, sie durften bleiben, sie wurden Schweizer. Haben wir uns nicht damals doch alle ganz anders verhalten? Warum? Ich möchte diese Frage nur gestellt haben.

Das Schweizerische Ostinstitut soll seine Tätigkeit aufgeben, ich bin ihm – zugegeben – nicht besonders geneigt. Es ging aus der Bewegung »Niemals vergessen« hervor, nach dem Ungarnaufstand. Der Kommunismus ist vorbei, den kann man also jetzt endlich vergessen. Und die Menschen?

Die Wahrheit als Information

Einer hat sich den Penis abgeschnitten, irgendwo auf dieser Welt, ich weiß nicht mehr, wo, aber es steht in der Zeitung, und es wird schon wahr sein. Einer sagt, nachdem er es gelesen hat: »Auch das noch, die Welt wird immer verrückter.«

Er hält diese Geschichte, diese traurige Geschichte, deren Hintergrund nicht mitgeteilt wird oder nicht mitteilenswert ist, für eine Information über diese Welt. Und wenn ich den Journalisten frage, warum das in seiner Zeitung steht, dann sagt er, daß es eine Information sei, daß alles recherchiert sei, daß der Leser, die Leserin ein Recht darauf habe, informiert zu werden.

Ich habe gestern ein Blatt von einem Baum fallen sehen. Ich habe es vorsichtig aufgehoben, den nächsten Passanten aufgehalten, ihn darum gebeten, mir zu bestätigen, daß dieses Blatt vom Baum gefallen sei. Er weigerte sich erst, weil er das unnötig fand. Ich hatte seine Zeugenleistung zu bezahlen. Ich ging mit dem Blatt zu einem Experten, einem Biologen, und ließ mir bestätigen, daß es sich um ein Ahornblatt handelt. Die Gegenexpertise kam auf dasselbe Resultat: Beim

Blatt, das gestern von einem Baum fiel, handelt es sich um ein Ahornblatt.
Ob das eine Information ist? Die Geschichte ist wahr – hier zwar als Beispiel erfunden –, und die »Wahrheit« ist eine Information, das behauptet der Journalist. Die Leute wollen das wissen. Vor dem Baum warten ein englisches, ein französisches und ein amerikanisches Fernsehteam auf das nächste Blatt, denn die Zuschauer haben ein Recht darauf, zu wissen, wann das nächste Blatt fällt. Ich unterhalte mich mit dem Chef des amerikanischen Teams. Er ist intelligent und sehr gebildet, und er erklärt mir, daß es nicht seine Sache sei, wenn sich eben die Zuschauer für solche Sachen interessieren. Aber es sei alles recherchiert, es handle sich wirklich um ein Ahornblatt.
Meine Geschichte hat den Vorteil, daß sie erfunden ist – unnötig und erfunden.
Wollen Sie eine andere Geschichte? Etwa die, daß irgendwo eine Frau ihre Mutter durch Krebs verloren hat, wo doch erst kürzlich ihr Mann überraschend von einem Tag auf den anderen gestorben ist. Nein, ich will das nicht ins Lächerliche ziehen. Das ist schlimm und das tut weh. Ob es eine Information ist, nur weil es wahr ist?
Der Journalist sagt mir, daß sich die Leute mit dieser Frau – weil sie prominent ist – identifizie-

ren und daß das ja alles nur stellvertretend sei für ihre eigenen Geschichten.

Also eine andere Geschichte: Ein dreiundvierzigjähriger Mann kriegt ein Kind, von einer Frau selbstverständlich, über die wir auch schon informiert wurden. Ist das nun eine Information, nur weil wir schon informiert wurden? Der Mann, intelligent und sympathisch, freut sich. Trotzdem, die Bilder sind exklusiv.

Also eine andere Geschichte: Einer sitzt da und sagt plötzlich und ohne jeden Grund: »Das ist nun wirklich eine arme Frau – diese Lilo P. –, die tut mir nun wirklich leid.« Er selbst ist teilinvalid und arbeitslos, aber das spielt in diesem Zusammenhang keine Rolle – denn er hat ja trotz seines Elends ein Recht auf Unterhaltung. Und sein eigenes Leben ist ja nur Realität. Das passiert ja nur. Das ist ja nur da.

Das wirkliche Leben, glaubt er, findet nur noch in den Medien statt. Alles andere ist kein Leben: keine Geburt, kein Tod. Leiden tun nur noch die, die in der Zeitung sind. Den Lesern bleibt nur noch das Mitleiden, das Mitfreuen. Das ist wesentlich mehr als Entmündigung, das ist Enteignung. Aber bitte, es ist wahr, es ist recherchiert.

Die Literatur allerdings hat seit je darüber berichtet, daß irgendwo ein Blatt vom Baum fiel, irgendwo irgendwer ein Kind bekam. Der irgendwer ist jetzt ein Prominenter, und die Journalisten begnügen sich damit, schlechte Literatur anzubieten.

Werbung für uns

Auch ich erschrak, als ich vor drei Wochen zum ersten Mal die neue Tagesschau sah. Ich glaubte, mich im Sender verwählt zu haben, bis dann jenes Kühlschranklogo in der Ecke des Bildschirms erschien, das wohl an jene Kühlschrankreklame erinnern soll, mit der das Fernsehen DRS seine Programme beginnt.
Auch ich staune immer, wie konservativ ich sein kann: Meine erste Reaktion war Ärger. Ich fand die neue Tagesschau fürchterlich, inzwischen fällt mir kaum mehr etwas auf. Und es würde mir wohl auch nicht auffallen, wenn nun plötzlich wieder die Tagesschau in der alten Form gesendet würde. Geblieben ist nur die Lächerlichkeit der gesponserten Wettervorhersage – glücklich die Firma, die sich leisten kann, sich einer solchen Lächerlichkeit auszusetzen. Immerhin können nun jene, die mit dem Wetter unzufrieden sind, sich durch Produkteboykott rächen. Selbstverständlich wurde den Zuschauern etwas ganz anderes verkauft als eine Neugestaltung der Tagesschau. Man tut einfach so, als wäre die Werbung ein integrierter Bestandteil des wunderbar neuen Konzepts, und es ist zu befürchten, daß sie das auch ist.

Ich habe nichts, gar nichts gegen Werbung. Am Radio DRS vermisse ich sie. Aber ich habe etwas gegen Werbebetrug. Gegen dieses so tun, als wäre die Firma Soundso jene, die sich nun freundlicherweise ums Wetter kümmert. Eine Firma, von der ich annehmen soll, daß sie ihre Produkte ernst nimmt, sich ernsthaft um sie kümmert, sie zu verbessern versucht oder zum mindesten mit ihren Produkten etwas zu tun hat. Nun kann man – und ich finde das gut – Jazzkonzerte sponsern, man kann Opernaufführungen sponsern, man kann eine Tagung gegen Reklame sponsern – oder was auch immer. Das ist gut, weil diese Ereignisse – wie gut sie auch immer sind – nicht stattfinden könnten ohne Sponsoring. Das Wetter aber, und auch die Wetterprognose, würden stattfinden auch ohne Sponsoring.
Und wieder einmal wird die Moderne gestreßt. Man hat jetzt endlich wieder einmal etwas »Modernes« gemacht, und die Ewiggestrigen sind – wieder einmal – dagegen. Ich sehe die Menschen – gescheite und gute Menschen –, die das ausgebrütet haben in stundenlangen Konferenzen, in schlaflosen Nächten: Ein neues Konzept, eine ganz neue, eine ganz wunderbare Konzeption, die die Leute am ersten Tag ein bißchen erschreckt und die am zweiten Tag niemandem –

nicht einmal den Machern – auch nur ein bißchen auffällt.
Nein, kosten tut das nicht besonders viel, auch die vielen Sitzungen nicht. Nur hätte man vielleicht bei diesen vielen Sitzungen über anderes sprechen können als über das neue Outfit. Das Fernsehen hat – wie ein armes, schönes Mädchen – nur noch Mode im Kopf. Und die neue Tagesschau ist so viel wert wie ein neues Kleidchen. Wem gar nichts mehr einfällt, dem fallen neue Kleidchen ein.
Es war einmal ein Kaiser. Der hatte einen Schneider, usw. Und dann kam ein Kind und rief: »Der Kaiser ist nackt.«
Im übrigen – ich fand und finde die Schweizer Tagesschau recht gut. Besser kann allerdings alles werden – warum die Tagesschau nicht? Ist sie den Machern ein Dorn im Auge? Muß sie wegästhetisiert werden? Oder geht es nur um die Eitelkeit der Macher?
Ich erinnere mich. 1955 sind wir aus dem Lehrerseminar gekommen und haben angefangen, Schule zu halten. Selbstverständlich glaubten wir nicht, Lehrer zu sein wie die anderen Lehrer – also hatten wir es selbstverständlich anders zu machen. Also stellten wir die Bänke im Kreis und nicht mehr in Reihen, und niemand mehr konnte daran zweifeln, daß wir nicht ganz neue, ganz moderne Lehrer seien. Wenn einem nichts mehr

einfällt, fällt einem Ästhetik ein. Übrigens, auch wir machten Werbung. Wir machten Werbung für uns.

Mein alter Freund

Kürzlich habe ich nach langen Jahren wieder meinen alten Freund W. getroffen. Meinen alten Freund? Ja, so haben wir uns schon damals angesprochen, und so haben wir wohl auch voneinander erzählt – mein alter Freund. Wir hatten zusammen wunderbare Zeiten in Berlin. Wir hatten große literarische Pläne, über die wir stundenlang diskutieren und blödeln konnten. Es fiel uns viel Unsinn ein, wir heckten Streiche aus, die wir eigentlich nie ausführten. Wir lebten in unseren Köpfen. Wir hatten ähnliche Ideen, ähnliche Ansichten, über die wir uns streiten konnten. Vom Alter her und auch von seiner Reputation war er schon ein wenig eine Respektsperson für mich, schon etwas älter als ich, er wußte schon noch von anderen Zeiten zu erzählen. Aber wir gehörten derselben Generation an. Und ich war stolz darauf, vom Älteren akzeptiert zu werden.

Mein alter Freund! Jetzt ist er es wirklich. Er erkundigt sich leise und fast ohne Anteilnahme nach gemeinsamen Freunden von damals. Er ist still geworden, ohne Feuer. Ich bin fast ein bißchen beleidigt, daß er mich nicht überschwenglich begrüßt und daß man ihn – den alten Herrn –

nicht mehr überschwenglich begrüßen kann. Irgendwie ist er plötzlich aus unserer Zeit gefallen. Nicht, daß er älter geworden ist, erschreckt mich, sondern daß er alt geworden ist, alt und müde.
Und man beginnt zu rechnen. Wie alt war er damals? Wieviel älter als ich ist er? Die Frage, die man sich etwa stellt, wenn man an ehemalige Lehrer denkt, die damals alte Respektspersonen waren – alt und erwachsen und altmodisch –, und man stellt fest, daß man inzwischen viel älter ist, als jene Lehrer es damals waren.
Irgendwie nützt alles Rechnen nichts. Man kriegt es irgendwie nicht in den Kopf. Man kann es drehen wie man will, es ist kein arithmetisches Problem. Es ist mit Zahlen nicht zu lösen. Vielleicht weil es wohl so etwas gibt wie eine Magie der Zahlen, die mit Zusammenzählen allein wohl nichts zu tun hat.
Wie alt war er damals, 1964? Wie alt war ich damals? Und wann würde ich so alt sein wie er jetzt ist.
Und ich erschrecke. Ich würde im Jahre 2008 so alt sein. Nein, lange dauert das nicht mehr bis zur Jahrhundertwende oder Jahrtausendwende. Und ich werde irgendwann hinter dieser »Wende« irgendwie so sein wie er – in einer anderen Zeit, einem anderen Jahrhundert, in einem Jahrhundert, das wir uns immer utopisch vorgestellt ha-

ben, d. h. wir wollten es uns nie vorstellen. »Die Schweiz im Jahre 2000?« Das war ein Thema, das uns immer wieder zur Scherzfrage verkommen ist – ein Aufsatzthema für phantasielose Lehrer.

Und ich erinnere mich, wie wir als Schüler uns dieses Jahr 2000 begeistert vorgestellt haben: Der ganze Himmel voller Flugzeuge und Raketen, die Straßen voller Autos und Bahnen, Hochbahnen und U-Bahnen. Eine Zeit mit totaler Technik, mit totalem Wachstum, mit Lärm und Großstadt, und die Vision war uns eine Freude, eine glückhafte Utopie ohne jeden Schrecken, ein großer Rummelplatz, so hatten wir uns das vorgestellt.

Und ganz im geheimen wußten wir als Kinder, daß es dieses Jahr 2000 nie geben wird, nie geben kann.

Jetzt kommt es plötzlich doch auf uns zu, dieses magische Jahr 2000, dieses dritte Jahrtausend – als hätten wir je im zweiten Jahrtausend gelebt. Und die Utopie »Die Welt im Jahre 2000« ist bereits keine mehr.

Vielleicht belasten uns alle im Augenblick möglichen Veränderungen deshalb doppelt schwer, weil sie in einer Zeit wirksam werden sollen – EWR und Europa zum Beispiel –, die in unseren Köpfen noch gar nicht existiert.

Ich jedenfalls werde so alt sein wie mein alter Freund, in einer Zeit, die es gar nicht gibt. Ob das wohl für ihn heute auch so ist?

Eine Sammlung von Menschen

Vielleicht haben Sie schon mal Joseph Conrad gelesen, »Almayers Wahn« zum Beispiel, ein Buch voller Menschen, voller fremder Menschen, dunkelhäutiger, böser, gefährlicher – ein Buch voller Menschen, die mir nahe sind, die meinen Nachbarn gleichen und die mir so fremd und so nah sind wie meine Nachbarn.
Vielleicht haben Sie mal den »Grünen Heinrich« von Gottfried Keller gelesen, ein Buch voller Menschen, ein Buch voller Schweizer, die vor 150 Jahren gelebt haben und den Schweizern, die heute leben, immer noch gleichen. Ich hätte immer wieder Lust gehabt, auszuzählen, wieviele Menschen denn vorkommen im »Grünen Heinrich«, wenn man alle zählen würde, die vorkommen, irgendwo vorbeigehen, irgendwie erwähnt werden.
Vielleicht haben Sie das Glück gehabt, »Krieg und Frieden« von Tolstoi lesen zu dürfen, ein Buch voller Namen, verwirrend vieler Namen und verwirrender Beziehungen – wer ist die Tante von wem? –, und vielleicht ging es Ihnen so wie mir damals, daß man sich plötzlich heimisch fühlt in diesem Gewirr von Namen und Beziehungen.
Sind Sie zufälligerweise eine leidenschaftliche

Leserin? (Die weibliche Form ist berechtigt, Leser sind seltener.) Lesen ist etwas ganz Eigenartiges. Es hat letztlich mit Buchstaben zu tun, mit der Lust, Buchstaben vor den Augen zu haben, sie zusammenzusetzen und daraus Menschen und Namen und Welten zu formen. Lesesucht nennt man das – nicht ohne Buchstaben vor den Augen leben zu können: auf einer Toilette zum Beispiel ohne Lesestoff verloren zu sein und dann sämtliche Gebrauchsanweisungen von Waschmitteln zu lesen, nur um Buchstaben vor den Augen zu haben, und irgendwie wird die Gebrauchsanweisung zur Geschichte, zur Erzählung.
Wenn Sie das nicht kennen, dann sind Sie normal, und dann brauchen Sie hier nicht weiterzulesen, denn es gibt nicht viele Buchstabenverrückte, es gibt nicht viele Leser und Leserinnen.
Sie bleiben zum Beispiel ab und zu an Telefonbüchern hängen, suchen eine Nummer und beginnen zu lesen: Bircher, Bischoff, Bisig, Bislin, Trapper, Treier, Tremp ... Treier wird der sein, der sein ganzes Leben lang zu sagen hat: »Nein, mit T«, und schon beginnt eine Geschichte. Und bei Theiler, Josef steht sein Beruf »Technischer Dienstchef«, und ich überlege mir, von was für einer Technik und von was für einem Dienst er

Chef sein könnte, und ich überlege mir, ob das überhaupt ein Beruf ist – oder ist es ein Rang wie Dr., wie Professor etwa.

Vor Jahren fand ich im Telefonbuch mal einen, der war »Lizenzinhaber«, und da dachte ich mir, das bin ich eigentlich auch. Ich besitze eine Lizenz zum Autofahren. Ich könnte ja auch ein »Lizenzinhaber« sein.

Und dann gibt es eine ganze Reihe Sonderegger, nur Namen und Adressen und Berufe, und es steht nichts davon dabei, daß es Gustav Sonderegger besonders schwer hat, weil er krank ist, Streit hat mit seinem Sohn, gequält wird von seinem Nachbarn. Es steht da nur »kaufm. Angestellter«, als würde ihn das mehr unterscheiden von anderen Menschen als seine Leiden und seine Sorgen.

Und dann gibt es diese dumme Geschichte vom Mann im Irrenhaus, der seinem Freund dauernd Bücher empfiehlt und ausleiht, und jedes Mal, wenn sie der andere zurückbringt, fragt er ihn, wie es ihm gefallen habe, und der andere sagt: »Ja, ganz schön, aber ein bißchen viele Namen und wenig Handlung.« Und er empfiehlt ihm den Band 12, der noch schöner sei. Da kommt der Direktor vorbei, sieht die Bücher und sagt: »Ah, ihr zwei klaut mir immer die Telefonbücher.« Die zwei waren bestimmt richtige Leser, denen es Spaß machte, mit Buchstaben Menschen zusammenzusetzen und über sie nachzudenken: Eine riesige Sammlung von Menschen wie in Tolstois Krieg und Frieden. Eine Sammlung von Nöten, Sorgen, Freuden, Stolz und Eitelkeiten. Ein Buch über diese Welt.

Ein Buch über Menschen

Ich traf ihn erst ein paar Wochen später, als ihn niemand mehr darauf ansprach, daß er in der Zeitung stand. Aber er saß immer noch in der Kneipe, lächelte – was ihm fast nicht gelang – den Leuten zu, wartete immer noch darauf, daß ihn einer auf seine Leistung anspräche, und seine rechte Hand war schon bereit für die abweisende Bewegung, mit der er das Kompliment von sich gewiesen hätte.
Alfred interessiert sich nicht für all dieses Zeug, das in den Zeitungen steht. Er will seine Ruhe haben, wie er sagt, und das heißt für ihn auch Ruhe vor den Buchstaben, mit denen er mal gequält wurde in der Schule, und die mitunter verantwortlich waren dafür, daß er keinen Beruf lernen konnte, daß man mit ihm auf den Ämtern anders sprach als mit anderen, daß er Termine verpaßte und – wo und wie auch immer – in Verzug kam.
Ich bin nicht einmal sicher, ob Alfred ein Exemplar der Zeitung besaß und aufbewahrte, und wenn, dann wüßte er wohl bereits nicht mehr, wo – er hätte den Zeitungsausriß wohl zwei Wochen in der Jacke mitgetragen, bis er zerknüllt und

unlesbar gewesen wäre. Nein, wer die Buchstaben nicht mag, der geht mit seinem Leben nicht buchhalterisch um, und fast hätte man ihm seine abweisende Handbewegung geglaubt.

Alfred versteht etwas von Pilzen. Er kennt sie alle – nicht eigentlich ein Naturfreund, viel eher einer, der darüber mehr weiß als die anderen, und einer, der seine Pilzkenntnisse aus der Armut in seiner Jugend hat.

Den riesengroßen Steinpilz – nein, nicht einfach ein Riesenbovist –, mit dem er nun vor Wochen in der Zeitung abgebildet war, hatte er nicht einfach durch Zufall gefunden, sondern durch besondere Kenntnisse, und er beobachtete ihn lange, pflegte ihn und tarnte ihn und ließ ihn groß und gesund werden.

Inzwischen war der Zeitungsausschnitt zerknüllt und unlesbar und die Sache vergessen. Irgendwie war ihm das auch recht, denn er hatte nach und nach genug davon, mit all jenen, die nichts von Pilzen verstehen, über Pilze streiten zu müssen.

Ich saß ihm also gegenüber und hatte zufällig ein Buch von mir – eine Sammlung von Kolumnen – in der Tasche. Ich wußte, wie hoch das Risiko war, ihm, dem Buchstabenfeindlichen, ein Buch zu schenken. Ich fürchtete mich vor seiner Wut.

Ich versuchte es trotzdem und schrieb in das Buch: »Für Alfred – dem großen Pilzkenner mit herzli-

cher Gratulation zum größten Steinpilz.« Zu meiner Überraschung freute ihn das Geschenk, er versuchte sogar zu strahlen – und er versuchte, einen ganzen Abend lang freundlich zu sein.
Er steckte das Buch in die hintere Tasche seiner Jeans, und ich hätte nicht gedacht, daß er es so bis nach Hause bringen würde. Ein paar Tage später aber sprach er mich darauf an. Er hatte wirklich versucht, darin zu lesen, erwähnte einige Sachen, glaubte auch, sich selbst in dem Buch entdeckt zu haben, und nahm es mir nicht übel.
Er hatte wirklich versucht, in diesem Buch zu lesen – ich werde ihm das nie vergessen, er ist ein Freund von mir, wenn auch ein schwieriger.

Nun, zwei Jahre später, beginnt er plötzlich, mit mir über Pilze zu sprechen – er tut das sonst mit niemandem –, und wie ich sage, daß ich von Pilzen nichts verstehe, sagt er: »Doch, du verstehst sehr viel davon, du hast mir doch damals ein Buch über Pilze geschenkt.«
Das überraschte mich, denn in jenem Buch stand nichts – gar nichts – über Pilze. Er hatte nur das Buch sehr persönlich genommen – und er persönlich ist ein Pilzkenner.
Alfred ist kein Leser. Aber ich habe von ihm gelernt, was Lesen sein könnte: Geschichten persönlich nehmen. So wird dann für den leiden-

schaftlichen Pilzfreund jedes Buch zu einem Buch über Pilze, für den leidenschaftlichen Menschen jedes Buch ein Buch über Menschen.

Ein guter Mensch

Wir sehen es täglich in den Zeitungen, im Fernsehen, wir hören es im Radio: »Die Gewalt nimmt zu«, und wir sprechen den Satz nach wie eine Selbstverständlichkeit, wie den Wetterbericht, und trotzdem glauben wir immer wieder, daß wir ihn erstmalig aussprechen.
Haben wir den je gesagt: »Die Gewalt nimmt ab«? Nahm sie nicht schon immer zu in den Hunderten von vergangenen Jahren? Und müßte sie inzwischen nicht überdimensional groß sein, diese Gewalt, wenn sie dauernd zugenommen hätte?

»Der Mensch ist ein bösartiges Tier. Seine Bösartigkeit muß organisiert werden. Das Verbrechen ist eine notwendige Bedingung der organisierten Existenz. Die Gesellschaft ist ihrem Wesen nach kriminell, sonst würde sie nicht existieren. Der Egoismus rettet alles – absolut alles –, was wir hassen, was wir lieben. Und alles bleibt so, wie es ist«, schrieb der große englische Schriftsteller Joseph Conrad 1899.

»Seine Bösartigkeit muß organisiert werden«, ich dachte kürzlich daran, als ich jene Meldung las

über den dreifachen Kindsmörder, der in Amerika hingerichtet wurde.
Er machte es all jenen, die in Amerika gegen die Todesstrafe kämpfen, schwer, denn er hatte selbst dringend gewünscht, hingerichtet zu werden, und zwar durch den Strang. Er drohte, daß er ausbrechen und fortfahren würde mit seinem Tun, wenn man seinen Wunsch nicht erfüllte.
Vor dem Gefängnis, in dem er hingerichtet wurde, demonstrierte diesmal nur ein kleines Grüppchen gegen die Todesstrafe.
Der Verurteilte und das Gericht hatten akzeptiert. Die Meldung über den Vollzug hätte mit den Worten beginnen können: »Im gegenseitigen Einverständnis ...«
Nun könnte man annehmen, daß der Verurteilte einsichtig ist, seine Strafe als gerecht empfindet. Er sagte auch, daß er sein letztes Opfer aufgehängt hatte und deshalb auch aufgehängt werden wollte.
Aber ich fürchte, das hat mit Einsicht wenig zu tun, vielmehr haben sich da zwei Gewalttätige zusammengetan – der illegal gewalttätige Mensch mit dem legal gewalttätigen Staat. In Sachen Gewalt sind sie derselben Meinung.

Kürzlich ist ein alter Mann gestorben, den ich mochte, und dies eigentlich nur, weil er mich überrascht hatte. Ich hielt früher nicht viel von ihm und ich kannte ihn als den Vertreter der militärischen Staatsgewalt, dem es ungemein Spaß machte, bei Inspektionen auf seine sekundengenaue Uhr zu schauen und jene, die drei Sekunden zu spät kamen, mit entsprechenden »lustigen« Sprüchen nach Hause zu schicken. Dem es überhaupt Spaß machte, Späße zu machen auf Kosten der anderen, und der als lauter Trinker selbst nicht ganz außer allen Zweifeln stand.

Nun, er hatte als Kreiskommandant nichts mit Kanonen und Kampfflugzeugen zu tun, aber er stand immerhin im Dienste der Gewalt – einer legalen Gewalt selbstverständlich, vielleicht sogar im Dienste einer notwendigen Gewalt. Ich mochte ihn damals nicht, und wenige mochten ihn.

Nun höre ich in der Kneipe, wie einige auf ihn schimpfen, und das tut mir weh. Denn ich lernte ihn später – nach seiner Pensionierung – kennen als Präsident der Vormundschaftsbehörde, und ich hatte den Eindruck, daß man damit den Bock zum Gärtner gemacht hatte. Aber im Gegenteil, er spielte nicht den Biedermann gegenüber seinen armen Schützlingen, sondern er trat auf als jener, der das selbst kennt, das mit dem Alkohol und das mit der Kneipe, und er setzte sich für den »Schlechtesten« mit Engagement ein.

Einmal traf ich ihn auf dem Weg zur Stadt. Er

brauche eine neue A-Saite, sagte er. Und er erzählte mir, daß er jeden Donnerstag mit seinem Cousin, der auch schon über achtzig sei, Geige spiele.

Das wollte mir nicht ins Bild passen.

»Der Mensch ist ein bösartiges Tier«, schrieb Joseph Conrad. Aber sie sind auch immer Menschen – diese bösartigen Tiere. Auch wenn sie sich an der Organisation der Bösartigkeit beteiligen.

Ich mochte ihn eigentlich sehr, ich glaube, daß er ein guter Mensch war. Aber, aber ... aber eben auch ein Mensch, wie wir alle.

Selbstgemachte Geschichten

»Ich habe deine selbstgemachten Blumen noch, die du mir mal geschenkt hast«, sagt ein Kind zu mir, und ich weiß vorerst nicht, wovon es spricht. Ich stelle keine Blumen her, wenn es auch Blumen gibt, von denen ich das Gefühl habe, sie gehören mir so sehr, daß es wirklich ganz und gar nur meine sind.

Die selbstgemachten Blumen? Plötzlich fällt es mir ein. Ich habe dem Mädchen mal ein paar Blumen geschenkt, die aus Holz geschnitzt waren. Es waren also nicht »richtige« Blumen, sondern eben »selbstgemachte«.

Die Gastgeberin setzt uns Kekse vor – selbstgemachte –, und auf das entsprechende Kompliment und die entsprechende Frage antwortet sie, daß eine Nachbarin ihrer alten Tante sie selbst gemacht habe. »Hausgemacht« ist eine eigenartige Vorstellung, was wird denn schon gemacht, wenn nicht in einem Haus?

Meine Enkelin, und davon wollte ich eigentlich erzählen, hat die Witze entdeckt – nicht etwa nur als Möglichkeit zum Lachen, sondern viel mehr als eine Möglichkeit, lang und langen Unsinn zu erzählen. Und wer Witze erzählt, der bekommt

auch Witze zurückerzählt. Meine Enkelin ruft an und sagt: »Ich weiß einen Witz«, und ich höre ihr gerne zu, sie kann schön erzählen. Kürzlich nun erzählte sie einen Witz, den ich bereits kannte. Sie aber sagte, sie habe ihn »selbst gemacht«. Ich fragte also mehrmals nach, ob sie ihn denn wirklich selbst gemacht habe, und sie bestätigte das überzeugt. Dabei hatten mir ihre wirklich selbstgemachten Witze viel besser gefallen.
Nein, Nora lügt (noch) nicht. Wenn sie sagt, sie habe es selber gemacht. Dann hat sie es selber gemacht. Sie hat den Witz selber gehört, sie hat ihn selber verstanden, sie hat ihn sich selber gemerkt, sie hat ihn selber nicht vergessen, und sie hat ihn selber in eine Form gebracht, in der sie ihn mir erzählen konnte. (Mit keinem Bastelset aus dem Spielzeugladen ist ein Kind so sehr »selbst« beteiligt – Erzählen ist immer eine Eigenleistung und Zuhören auch.)
Wenn ich etwas lese, dann höre ich zu. Ich höre Joseph Conrad zu (»Herz der Finsternis«), und ich bin mit ihm auf dem Kongo, und nur wir zwei verstehen, was hier geschieht. Ja, das ist meine Geschichte. Sie ist – weil ich plötzlich feststelle, daß ich etwas mit ihr zu tun habe – zu meiner Geschichte geworden.
Erzähl doch deinen Witz nochmal, den mit den Hühnern, werde ich aufgefordert. Es ist – inzwi-

schen – wirklich »mein« Witz geworden, meine Zuhörer haben das Gefühl, er gehöre zu mir. Ich habe ihn mir sozusagen angezogen wie ein Kleid. So habe ich mir damals auch »Herz der Finsternis« angezogen. Es ist meine Geschichte. Während ich sie lese, schreibe ich sie irgendwie auch. Sollte ich sie meiner Frau erzählen, abends und stundenlang und begeistert, dann würde sie total zu meiner Geschichte.

Doch der Witz von meiner Enkelin ist einer, den sie selbst gemacht hat, selbst gehört, sich selbst gemerkt und selbst mit großer Begeisterung weiter erzählt hat.

Ich kriege einen Brief von einem verwirrt erscheinenden Mann. Er scheint Ausländer zu sein – Jugoslawe sehr wahrscheinlich –, er hat eine wunderschöne pedantische Schrift. Er erzählt sehr schön in seinem Brief. Er erzählt, wie er ein Buch von mir findet – »Des Schweizers Schweiz« – und daß er feststellen mußte, daß ich alles von ihm abgeschrieben habe. Er selbst hätte das Buch damals geschrieben. Ivo Andric hätte auch alles von ihm abgeschrieben. Nun habe ich zwar wirklich den Eindruck, daß ich das damals selbst geschrieben habe, ich erschrecke auch über diese »Anmaßung« des Schreibers. Und er verwirrt mich. Er fordert mich auf, dies nun wirklich mal richtigzustellen und öffentlich zu bekennen.

Das ist schwierig und hart. Aber immerhin, er nimmt das, was ich geschrieben habe, persönlich. Es ist seine Sache geworden – wie der Witz meiner Enkelin –, das ist doch eigentlich ein Kompliment, und solche Leser möchte man eigentlich.

Übrigens – es gibt diese alte Frage, wer eigentlich die Witze erfindet. Die Antwort ist einfach: Niemand, aber wir.

Sind wir Zeitgenossen?

Die Zeitung vom 15. Februar 1993 zum Beispiel – das ist noch nicht so lange her –, ich lese sie jetzt zufällig. Auf den starken Mann von Algerien ist ein Anschlag verübt worden. Rußland und USA zeigen Bosnien-Harmonie. Was das wohl ist: Bosnien-Harmonie? und »Hohe Wahlbeteiligung im Niger« und »Erfolg von Israels Deportierten-Kompromiß«. Zufälligerweise in dieser Nummer keine Erwähnung des Problems der Kurden, kein Sudan, kein Hunger – zufälligerweise; keine Arbeitslosigkeit auch – zufälligerweise – im Inlandteil.

Und ich lese das alles im Wissen, daß es Arbeitslosigkeit gibt, daß es Krieg gibt in Bosnien, daß es Hunger gibt in der Welt. Und ich langweile mich bei der Lektüre der Zeitung vom 15. Februar. Es ist nichts Wirkliches geschehen, und selbst die Skiweltmeisterschaften hinterlassen nicht viel mehr als ein schales Gefühl.

Doch, die Kurden sind erwähnt – im Lokalteil: »Auch an diesem Samstagnachmittag ist in der Zürcher Innenstadt wieder eine Demonstration durchgeführt worden. Diesmal waren es knapp 1000 Kurdinnen und Kurden ...« Das »Diesmal«

läßt auf das langweilende »Immer wieder« schließen. Langeweile wird so zum Argument gegen Aktualität. Selbstverständlich gab es am 14. Februar Tote in Bosnien, selbstverständlich sind in Bosnien am 14. Februar Menschen verhungert, und nicht nur dort. Aber die Meldung darüber würde uns langweilen, wir wissen doch schon, daß Menschen verhungern, und wenn es nicht mehr sind als üblich, dann langweilt die Meldung.

Ich lese eine Zeitung vom 15. Februar – das ist noch nicht lange her – und bekomme den Eindruck, daß die Welt – einigermaßen – in Ordnung ist; daß sich das, was ist, in Buchstaben ordnen läßt. Und ich versuche mir vorzustellen, daß in 50 Jahren jemand diese Zeitung in die Hände bekommt und die Vorstellung haben wird, daß damals, am 15. 2. 93, die Welt einigermaßen in Ordnung war. Wir wissen zwar alle, daß sie es nicht war, und weil wir es bereits wissen, hat die Zeitung nicht dauernd davon zu berichten. Ich beklage mich nicht über die Zeitung – ich bin viel mehr entsetzt darüber, daß es mir tagtäglich gelingt, mich mit der Zeitung zu langweilen.

Jener, der sie lesen wird in 50 Jahren, wird diese Zeitung ohnehin nur abklopfen nach all den Dingen aus unserer Zeit, die Geschichte geworden sind. Und niemand weiß, ob der 15. 2. 93 Ge-

schichte wird. Sollte jener Montag Geschichte werden, ich bin überzeugt, jener Leser in 50 Jahren wird enttäuscht sein, sie in der entsprechenden Zeitung nicht zu finden – vielleicht auch nur deshalb, weil sich unsere Gelangweiltheit von seiner Gelangweiltheit unterscheidet.
Im Tagebuch von Ennio Flaiano steht der wunderschöne und bitterböse Satz: »Und meine Reisen in China haben wahrhaftig wenig Bedeutung, verglichen mit den tastenden Schritten im Dunkeln vom Bett zur Küche, auf der Suche nach einem Glas Wasser.«
Er meinte damit bestimmt nichts Zynisches. Er meinte vielmehr, daß die wirkliche Welt im Kleinen liegt und nicht im Großen, nicht im Exotischen und Ausgefallenen.
Nur, es wird halt dann doch zum Zynismus. Zum Beispiel dann, wenn ich in meinem Arm fürchterliche Schmerzen habe, nachts nicht schlafen kann, eine alte Zeitung finde, gelangweilt und unter Schmerzen darin rumblättere. Und »Schmerzen« ist ohnehin ein großes Wort, verglichen mit den Schmerzen dieser Welt. Aber es tut halt weh – und zwar mir.
Letztlich ist es die Frage nach der Zeitgenossenschaft: Sind wir Zeitgenossen? Erleben wir mit, was in dieser Zeit geschieht? Könnten wir Auskunft geben – jenem Interessierten in 50 Jahren

zum Beispiel –, was denn eigentlich war in jener Zeit, in der wir lebten. Was da war mit den Kurden, mit den Irakern, mit dem Sudan, mit Algerien, mit Israel und den Palästinensern, mit der Arbeitslosigkeit und der Krise?

Nein, wir könnten es nicht. Unsere Auskunft wäre weniger wert als die Auskunft irgendeines Geschichtsbuches. Und ich lese diese Zeitung vom 15. Februar 1993 und stelle fest, daß sie nicht einmal mir Auskunft geben will über jene Zeit, die erst vor ein paar Tagen stattfand. Das hat nichts zu tun mit der sogenannten Schnellebigkeit, nichts zu tun mit der mangelnden Qualität der Zeitung, sondern nur und ausschließlich mit mir. Schließlich muß ich auch leben, und schließlich schmerzt mich mein Arm.

Nein, ich bin kein Zeitgenosse. Aber sollte ich achtzig werden, ich bin überzeugt – auch ich werde dann behaupten, ein Zeitgenosse gewesen zu sein. Leider werden es mir dann einige glauben.

Begegnung mit meiner Landschaft

In Norddeutschland bevorzuge ich die langsamen Züge, die gemächlich von einer Station zur anderen ziehen und die ruhige Landschaft in Ruhe lassen. Die fast immer gleiche Landschaft erträgt die Schnelligkeit nicht.

Immer wieder hat sie mich fasziniert, diese Landschaft, immer wieder der vorschnelle Wunsch, hier möchte ich sein, hier möchte ich bleiben. Dabei weiß ich genau, ich würde es hier überhaupt nicht aushalten, ich brauche Menschen und Läden und Straßen.

Trotzdem, die norddeutsche Landschaft hat für mich immer wieder so etwas wie Heimkommen, und die Bemerkung der Leute, daß ich als Schweizer hier sicher die Berge vermisse, bringt mich immer wieder in Verlegenheit.

An einer Station hält dieser Zug, und da gibt es ein Strohhaus, einen alten Weidezaun und das Graugrün des Vorfrühlings, und plötzlich sehe ich das Bild aus meiner Kindheit. Hier, genau hier habe ich damals gelebt. Stundenlang stand ich an diesem Zaun, ließ ihn verschwinden, zerstörte ihn, baute ihn wieder auf und liebte dieses Grün, das es nirgends sonst gab, nur hier. Hier habe ich gewohnt, ganz allein, ohne meine Eltern, und niemand hat von meinem Wohnen gewußt. Ich wußte auch nichts davon – oder wollte es nicht wissen –, daß es irgendwo in Wirklichkeit solche Landschaften gab.

Denn meine Landschaft war ein Zusammensetzspiel. Sechzehn Würfel mit je sechs Bildausschnitten, die man zu Landschaften zusammenfügen konnte, und weil das Spiel wohl aus Deutschland kam, waren es deutsche Landschaften, die so deutsch und so fremd waren wie die Landschaften aus Grimms Märchen. Man hat auch Heimaten im Kopf, unerreichbare und unlebbare – ich könnte da nicht wohnen –, aber ich habe da einmal als Kind in meinem Kopf gewohnt.

Ich habe das Glück, allein in einem Zugabteil zu sitzen. Nun wird es jäh zerstört. Ein Mann kommt schnaufend rein, läßt seine Massigkeit ins Polster plumpsen, grüßt laut und freundlich, behält seine schwere Jacke an und auch die vollgestopfte Umhängetasche. Ich schaue demonstrativ zum Fenster hinaus, um nicht sprechen zu müssen, und es ist vorläufig auch nicht nötig. Er führt Selbstgespräche: »Flensburg, Flensburg – und ein toter Vater in der russischen Steppe, umsteigen nach Flensburg.« Die Fahrt wird noch lange dauern, und ich werde es zu ertragen haben. Gefährlich sieht er nicht aus. Er hat ein markantes, intelligen-

tes Gesicht, einen fast gepflegten Sechs-, Siebentagebart, eine ruhige, sanfte Stimme. Er sieht meine Zigarette und sagt, eigentlich zu sich: »Das Rauchen habe ich aufgegeben, aber das Saufen, das Saufen.« Dann stellt er sich auf den Gang, der Schaffner kommt – er verwickelt ihn mit Fragen in ein Gespräch, der Schaffner gibt freundlich Auskunft. Es gelingt ihm, den Schaffner abzulenken, ein Gast ohne Fahrkarte, er kommt lächelnd zurück. Aus seiner Tasche nimmt er ein Buch. »Von mir«, sagt er, »es ist käuflich zu erwerben – 16 Mark.« Ich kaufe es, und er ist überrascht, daß ich es kaufe. Ich nehme mir vor, nicht von meiner Tätigkeit zu sprechen.
Professor sei er, sagt er, Sozialgeschichte und Informatik. Den Namen der Universität wiederholt er mehrmals. Die Gedichte sind ganz gut. Er schreibt mir eine Widmung.
Ich ertappe mich beim Gedanken, mich später erkundigen zu wollen, ob es an der Universität X einen solchen Professor gibt, ich schäme mich für den Gedanken. Warum soll ich den Fremden der Lüge überführen, und was habe ich davon, wenn er nicht lügt. Nun erzählt er von Sprachen: Russisch, Französisch, Italienisch, er scheint diese Sprachen zu können. Er philosophiert über den Zusammenhang zwischen Völkern und Sprache. Ich erkenne den Jargon der Soziologen der 68er-

Zeit. In seiner Tasche hat er Bierflaschen, und er trinkt, betrunken, eine nach der anderen. Nun spricht er auch von 68. Und er lobt sich immer wieder dafür, daß er Professor ist. Und er schämt sich jedesmal hinterher dafür. Und ich denke mir, daß hier einer – er ist jünger als ich – in seiner Jugend eine Landschaft hatte, in der man nicht mehr wohnen kann – die Landschaft der 68er.
Beim Aussteigen in Kiel sind wir offensichtlich beide daran interessiert, nicht aneinander hängenzubleiben. Er verabschiedet sich schnell. Er geht auf dem Perron in die falsche Richtung. Ich höre hinter mir eine Bierflasche zu Boden fallen und zerplatzen. In Rußland, da möchte er leben, hatte er auch gesagt – und es in Russisch wiederholt. Das klang schön. Es klang so graugrün. Ich war froh, daß ich ihn los hatte.

Des Pudels Kern

Es ist sehr angenehm, intelligente Menschen zu treffen, gebildete Menschen, die nicht nur etwas erlebt und gesehen haben, die in diesem Leben nicht nur ihr eigenes Leben gelebt haben, sondern durch Bildung auch an vielen anderen Leben teilgenommen haben. Es ist eigenartig, daß Menschen, die nicht nur gelebt, sondern auch gelesen haben, mehr von ihrem eigenen Leben zu erzählen haben und erzählen können als jene, die nur ihr eigenes Leben gelebt haben.

Einen Menschen zu treffen, zufällig in irgendeiner Beiz, mit dem man über die »Wanderjahre« von Goethe, über die »Rote Zora« von Kurt Held, über das »Heidi« von Johanna Spyri sprechen kann, das ist das Glück, einen zu treffen, der ein ähnliches Leben hatte. Zwei, die dasselbe Buch gelesen haben, haben eine gute Zeit ihres Lebens ähnlich verbracht.

Selbstverständlich mag ich gebildete, belesene Menschen – trotzdem fürchte ich mich vor Menschen mit Kultur, vor jenen, denen es gelingt, nicht nur Kunst zu lieben, sondern auch in ihr zu leben, auch so gemessen zu leben, wie sie sich das vorstellen beim stillen Lesen von Goethe.

Das war vor vielen Jahren auf einer Lesereise. Da traf ich so einen, der viel gelesen hatte. Er hatte so etwas wie Kultur, ein alter protestantischer Pfarrer, und ich erwähne den Beruf nur, um seine Umgebung nicht eingehender beschreiben zu müssen.

Er wohnte in einem richtigen Pfarrhaus, hatte eine richtige Bibliothek, die jeden Besucher gleich beim Eintritt vorwurfsvoll darauf aufmerksam machte, daß er kein Griechisch, kein Hebräisch, nicht einmal Latein kann.

Jedenfalls galt mein erster Gedanke beim Eintritt meinen Fingernägeln, dann meinen Haaren, meinen Schuhen, und wir tranken also Kaffee oder Tee in der Bibliothek. Die Frau Pfarrer bekam ich nur kurz zu Gesicht, eine Sache unter gebildeten Männern: »Was halten Sie von Thomas Mann? Sie mögen also Gustav Mahler? Ich lehne ihn ab, er hat etwas Scharlatanisches.«

Und ich sitze da und wage nicht zu widersprechen. Meine Antwort zur Frage »Thomas Mann« steht immer noch aus und ist auch nicht gefordert. Er besitzt Briefe von Thomas Mann, hat ihn gekannt. An den Wänden hängen Bilder eines Malers, der mir lieb ist. Er hat ihn gekannt.

Nein, kein Snob, ein durchaus freundlicher Mann, und ein belesener und gescheiter Mann – aber eben ein Mann mit Kultur –, und ich denke an meine Fingernägel und wage nicht mal zu kontrollieren, ob sie schmutzig sind, sie sind es sicher.

Es gibt jene Menschen, denen niemand zu widersprechen wagt, weil sie so anständig sind, so sauber sind, so ordentlich sind, so gescheit und so gebildet, so wissend. Und man widerspricht ihnen auch nicht.

Es mag auch sein, daß er an meinem Kulturverstand zweifelte – meine Fingernägel hatte er wohl schon gesehen, ich immer noch nicht –, und da gab es auch noch einen Pudel, sicher auch ein gescheiter, und weil ich nun wirklich keinen Anlaß hatte, mit ihm nicht zu sprechen, sagte ich halt etwas Freundliches über den Pudel, fragte, wie alt er sei. Und da kam sein Satz, ein einfacher Satz, den ich nie mehr vergessen habe, der mir jedes Mal wieder einfällt, wenn ich einen Herrn mit Hund sehe: »Er kriegt sein spezielles Essen.« Und dann ereiferte er sich über all jene, die Hunden nicht spezielles und ausgewähltes Hundefutter geben. Zu seiner ganzen Kultur kam nun auch noch eine spezielle Pudelkultur, und ich begann ihn nun doch für seine ganze Kultur zu hassen, für seine ordentliche Ordnung, eine Ordnung, die all jene zerstören muß, denen sie nicht einleuchtet, eine Verachtung für jene, die Thomas Mann nicht mögen, die Gustav Mahler mögen, die Nolde falsch lieben, die Hunde falsch ernähren.

Das ist nun schon fast dreißig Jahre her. Ich schäme mich, daß ich ihm damals nicht widersprochen habe, und eigentlich ist es gut so. Weil ich nicht widersprochen habe, schleppe ich es immer noch mit und streite immer noch mit ihm, mit ihm, der glaubte, es müsse alles seine Ordnung haben.

Leute, die das so sicher glauben wie er – Leute mit Kultur –, bringen immer wieder die Welt in Unordnung mit ihrem Ordnungsfanatismus. Dann müssen dann eben die Hunde das richtige Essen kriegen, die Serben müssen essen, was die Serben essen, und die Muslime müssen wohnen, wo die Muslime wohnen – nichts als Ordnung, die dann wichtiger wird als das Leben, eine Vorstellung von Kultur, die dann das ist, was alle anderen nicht haben.

Nicht nur die Serben haben solche Vorstellungen. Er muß mich gehaßt haben für meine Fingernägel. Er hat recht, sie sind unordentlich, aber sie erinnern mich an Leben, und sie machen keinen Krieg.

Abgeschoben ins Ghetto

Eine Kindheitserinnerung, die sich mir eingeprägt hat und die ganz sicher nicht ganz der Realität entsprach, aber um so eindrücklicher war sie.
In irgendeinem kleinen Dorf im Emmental gab es ein Armenasyl. Mein Vater versuchte mir zu erklären, was das ist, und die Erklärungen meines Vaters beeindruckten mich sehr.
Das Bild, das ich sehe und das wohl nicht ganz so war, das sind Dutzende von Männern, die vor einem Haus standen, ein Taschentuch, ein großes rotes, an der einen Ecke mit Zeigefinger und Daumen der linken Hand hielten, mit den Fingernägeln von Zeigefinger und Daumen der rechten Hand am Rand des Taschentuchs bis zur nächsten Ecke fuhren, dann das Taschentuch drehten, die Ecke wieder mit der linken Hand hielten und mit den Fingernägeln der rechten wieder weiterfuhren bis zur nächsten Ecke, und das taten sie stundenlang. Das taten sie auch noch, wenn man ein halbes Jahr später an diesem Haus vorbeikam. Sie taten es, wenn man morgens vorbeikam, und sie taten es, wenn man abends vorbeikam.
Und ich kann mir inzwischen nicht vorstellen, daß das Dutzende waren, die das taten. Vielleicht war

das nur einer, und seine Tätigkeit wurde mir zum Symbol der Tätigkeit der anderen.

Sie waren alle der Schande der Armut ausgeliefert, der Schande der Berufslosigkeit, der Schande der Untätigkeit, der Schande des Selbstverschuldens. In Wirklichkeit waren sie vielleicht Bauernknechte, die ein Leben lang hart gearbeitet hatten für Gotteslohn und jetzt nicht mehr brauchbar waren.

Sie wurden auf die Heimatgemeinde abgeschoben. Denn in der Schweiz hatte jeder Bürger eine Heimatgemeinde, eine Bürgergemeinde, auf die er abgeschoben wurde, wenn er irgendwo anderswo zur Last fiel.

Das ist glücklicherweise inzwischen nicht mehr so. Aber die Bürgergemeinden gibt es noch – nur in der Schweiz und sonst nirgends. Und sie waren immens reich, weil sie Wälder besaßen und Rebberge und weil das damals Reichtum bedeutete.

Dieser Reichtum machte die Einheimischen auch zu Gegnern der neuen Bundesverfassung von 1848, weil diese die Freizügigkeit der Wohnsitznahme versprach und weil sie ihren Reichtum mit fremden Schweizern nicht teilen wollten.

So kam Stapfer, einer der Väter unseres Staates, auf die Idee, daß man zwei verschiedene Gemeinden bilden könnte, die der Alteingesessenen, denen man den bisherigen Besitz (Wälder, Rebberge,

Spitäler) lassen sollte, und das war dann die Bürgergemeinde, und die Gemeinde der Neubürger und aller Einwohner war dann die Einwohnergemeinde, die dann nur von Steuern lebte und nicht reich war. Als Gegenleistung hatten die Bürgergemeinden die Armenpflege ihrer Bürger zu übernehmen, und so wurden die Armen – mit ihren roten Taschentüchern – auf die Heimatgemeinde abgeschoben.
Das ist inzwischen nicht mehr so.
Und die Bürgergemeinden, die immer nur reich waren und stolz, sind nicht mehr so reich. Und einzelnen Bürgergemeinden geht es so schlecht, daß sie viel lieber keine mehr sein möchten.
Aber den »Unsinn« der stolzen Bürgergemeinden gibt es immer noch. Soll es ihn weiter geben! Mir ist es recht so.
Die Bürgergemeinden hatte Stapfer erfunden, um das liberale Recht des Bürgers und der Bürgerin auf freien Wohnsitz durchzusetzen.
Es ist durchgesetzt. Wir können innerhalb der Schweiz – unabhängig von unserem Reichtum, unserer Armut, unseren Krankheiten, unserem Jähzorn oder unserer Sanftmut – wohnen, wo wir wollen. So ist das Gesetz, und so ist die Verfassung. Sie gilt allerdings nicht mehr für alle. Bereits sind viele Gemeinden auf die Idee gekommen, auswärtige Drogenabhängige abzuschieben in

ihre Gemeinden. Sie werden in den Zug gesetzt und abgeschoben – von allen Gemeinden in alle Gemeinden –, als ob sie kein Recht hätten, sich in den Zug zu setzen und zurückzufahren. Das Recht haben sie. Das Recht haben sie nach unserer Verfassung. Ich fürchte nur, dieses Recht wird ihnen nichts nützen.

Wir leben im 19. Jahrhundert. Den Juden wurde dieses Recht der freien Wohnsitznahme damals auch nicht zugestanden. Zwei liberale Gemeinden im Aargau – Lengnau und Endingen – gaben ihnen dieses Recht. So wurden Lengnau und Endingen zum Ghetto.

Ich schlage vor – damit endlich Ordnung ist – daß alle Käser in Lengnau wohnen müssen, alle Bauern in Großhöchstetten, alle Kaufleute in Zürich, alle Laboranten in Basel, alle Reichen in Ascona, alle Armen in Buckten usw. usw. – damit diese, den Bürgern lästige, liberale Bundesverfassung endlich ihr Ende hat.

Die guten Vorbilder

Mein Nachbar am Tisch hat die Sache im Griff. Er ist nicht einer, der sich auf die Kappe scheißen läßt – er sieht so aus wie einer, der sein nicht existierendes Geschäft als »Import und Export« bezeichnet. Er fürchtet sich nicht vor der Kellnerin und zwinkert ihr zu. Und er sieht gut aus, nämlich genauso wie jener bekannte Fußballer, und das weiß er. Er ahmt ihn nach, hat seine Haartracht und stellt sich auch vor, wie jener in der Kneipe sitzen würde, wenn jener in der Kneipe sitzen würde.

Nun ist aber jener Fußballer ein eher zurückhaltender Typ, bescheiden und freundlich und intelligent in seinen Interviews. Aber etwas ist er auch noch, und daran kann er trotz seiner Bescheidenheit – vorläufig – nichts ändern, er ist bedeutend.

Das nun ist für seinen Nachahmer die einzige wichtige Eigenschaft seines Vorbildes: die Bedeutung. Und er glaubt, daß Bedeutung auch Macht sei, und er spielt seine Macht aus und hat die Sache im Griff. Sein Vorbild würde sich über diese Nachahmung mit Recht ärgern. Damit hat er nun wirklich nichts zu tun. Immerhin, in den Augen seines Jüngers ist er ein Erfolgreicher, und sein

Jünger ist es nun auch – ein ekelhafter, dummer Mensch, der den Erfolgreichen, den Mächtigen spielt.

Ein Schriftsteller wird ab und zu nach seinen Vorbildern gefragt, und das bringt mich immer wieder in große Verlegenheit. Selbstverständlich habe ich das Schreiben nicht selbst erfunden. Selbstverständlich gleiche ich in meinem Schreiben anderen. Nur bin ich nicht sicher, ob jene anderen nun auch meine Lieblingsautoren sind. Ich liebe zum Beispiel Joseph Conrad, und ich liebe Jean Paul, Flaubert, aber ich bin nicht so wie sie und ich schreibe nicht so wie sie. Als literarische Vorbilder nützen sie mir nichts. Ich freue mich nur als Leser über sie. Und das genügt mir. Über jenen Fußballer übrigens freute ich mich auch schon, sein wunderschönes Tor im Spiel gegen ..., aber Vorbild wird er deswegen noch lange nicht.

Max Frisch hat viel und immer wieder von Albin Zollinger gesprochen. Als Kind hat er ihn mal gesehen, ein richtiger Schriftsteller, und später als Jüngling noch einmal. Er hat ihn gelesen, und er hat ihm imponiert, und er hat ihm irgendwie die Treue gehalten und von ihm erzählt. Aber Max Frisch ist ein anderer geworden. Vorbild?

Dafür taugen sie vielleicht, die Vorbilder, um eben ein Fußballer zu werden, wie jener ein Fußballer

ist, oder ein Schriftsteller zu werden, wie jener ein Schriftsteller ist, oder ein Zimmermann zu werden, wie jener ein Zimmermann ist.
Aber so sein zu wollen wie jener. So bedeutend, so mächtig, so prominent, so erfolgreich – das hieße Selbstaufgabe. Und leider sind zu dieser Art Vorbild wahllos alle Auffälligen tauglich, die Fußballer, die Autorennfahrer, die Generaldirektoren und die Generäle, die Millionäre und die Hochstapler, die Guten und die Bösen. All jene, die immer wieder in allen Zeitungen zur freien Verfügung angeboten werden. Nachgeahmt wird aber nicht ihr Können, nicht ihre Freundlichkeit, nicht ihr Charakter, ihr Gemüt, sondern nur ihre Bedeutung, in der Vorstellung, daß Bedeutung Macht sei.
Ich denke an jene jungen Faschisten, Skinheads, Nazis, die sich Macht und Bedeutung aneignen und Vorbilder haben – Vorbilder, die sie ihrem Nichts-Sein überstülpen. Nicht einfach sie gälte es zu bekämpfen, sondern auch ihre Vorbilder.
Doch diese Vorbilder werden nicht zu finden sein. Ihre Vorbilder sind nicht einfach nur alte Nazis, sondern das sind Filmstars und Skirennfahrer und Playboys und Schönheitsköniginnen – sind all jene, von denen sie denken, sie seien bedeutend und hätten Macht.
Es gibt Politiker, die in Interviews davon spre-

chen, daß sie durchaus Lust an der Macht hätten. Eine gräßliche Formel. Denn genau darum geht es: Macht, losgelöst von Inhalten.

Die Vorbilder sind letztlich wir, wir alle. Wir hätten etwas gegen uns zu unternehmen, gegen eine Welt, in der Erfolg und Prominenz Macht bedeutet. Doch wir wissen, daß wir die Welt nicht ändern werden.

Die Vorbilder werden letztlich unschuldig sein, auch zum Beispiel die militärischen und legalen Vorbilder der Gewalt. Wir werden es dereinst nicht gewußt haben.

Und die Ideen?

Kaum eine andere Frage macht mich so verlegen wie die fast alltägliche Frage an einen Schriftsteller: »Woher haben Sie Ihre Einfälle?«

»Genau vom selben Ort, wo alle anderen Leute ihre Einfälle auch herhaben«, sage ich, und die oder der Fragende sagt: »Ich habe aber selten oder nie Einfälle«, und ich sage: »Ich auch.«

Die Frage macht mich verlegen, weil ich zum vornherein weiß, daß mir die Antwort niemand glaubt. Und ich muß wohl nicht erwähnen, daß ich eben jetzt an der Schreibmaschine sitze, eine Kolumne schreiben sollte und daß mir nichts einfällt. Ich komme eben aus Berlin, ich war kürzlich in London. Ich reise seit Wochen. »Wenn einer eine Reise tut, dann kann er was erzählen.« Also müßte ich jetzt doch zu erzählen haben. Ich habe nichts, und irgendwie muß etwas an dem Satz, der so selbstverständlich klingt, nicht stimmen. Denn inzwischen reisen alle, und alle haben nichts zu erzählen. Der Großvater jedenfalls, der noch erzählte, damals, der war nicht weit gereist. Ich bin gestern zurückgekommen, ich fahre morgen wieder weg, und ich sitze da und habe nichts zu erzählen.

Woher habe ich denn meine Einfälle, und woher hatte sie denn jener Großvater auf jenem berühmten Ofenbänklein? Er erzählte an langweiligen und endlosen Abenden, er erzählte in der Langeweile, und er hatte dafür lange Weile, eine lange Zeit, und Einfälle kommen aus der Langeweile. Ich habe nur Einfälle, wenn ich mich langweilen kann, sehr lange langweilen kann, und gute Erzählungen beginnen oft mit dem Wort »Damals«, denn zwischen dem Ereignis und der Erzählung muß Zeit verstrichen sein, die Zeit der Langeweile. Daß wir von damals erzählen, das hat nicht einfach nur mit Nostalgie zu tun, sondern mit der langen Zeit, die eine Geschichte braucht. (»Längi Zyt« heißt im Berndeutschen übrigens Sehnsucht.)
»Wenn einer eine Reise tut ...«, das ist wohl ein uralter Satz. Und es müssen andere Reisen gewesen sein, die damals gemacht wurden – lange und umständliche und langwierige, die schon in sich die Langeweile hatten, die Einfälle möglich macht. Inzwischen reisen Journalisten: Drei Tage Bosnien – gesehen, beschrieben, fotografiert. Und die Handelsreisenden wissen höchstens ein Restaurant in Singapur zu empfehlen.
Nein, ich nehme mich da nicht aus, und ich lache auch nicht über sie. Auch ich habe nichts zu erzählen. Ich erlebe im Augenblick zu viel – und

wer viel erlebt, der hat wenig zu erzählen, dem fällt wenig ein. Erzählen hat nichts mit Fleiß zu tun und Einfälle Haben auch nicht.
Und dabei fällt mir ein, daß wir in einer Zeit leben, die Einfälle nötig hätte: Einfälle in der Politik, Einfälle in der Wirtschaft; und zwar dringende Einfälle. Aber die Zeit ist schlecht und sie ist hektisch. Es sollte jetzt schnell gehen. Und wir leben in einer Zeit der Rationalisierungen. Aber Ideen lassen sich nicht rationalisieren. Wer jene, die sich langweilen, wegrationalisiert, der rationalisiert auch die Ideen weg.
Die Ideen hätten wir haben müssen, als wir noch Zeit hatten. Aber eben auch schon damals hatten wir keine Zeit. (So wie der Staat in der guten Zeit hätte Geld auf die Seite legen sollen – aber eben, schon damals hatte er kein Geld. Und wer sprach denn schon von einer guten Zeit, damals?) Und daß Not erfinderisch mache, das können nur jene meinen, die nicht in der Not leben. Die Not und die Angst lähmen, und der Arbeitslose hat die Zeit nicht zur Langeweile.
Der Philosoph Kant verbrachte sein ganzes Leben in Königsberg und schrieb über die ganze Welt. Er hatte viel Zeit dafür, und es ist ihm etwas eingefallen. Er hat seine Reisen im Kopf gemacht. Und er hatte lange Zeit, »längi Zyt« – Sehnsucht.

Mein gerechter Großvater

Mein Großvater ist sehr alt geworden. Er hat ein Leben lang – ein langes Leben – jeden Morgen unten am Brunnen hinter dem Haus einen kräftigen Schluck Wasser getrunken. Die Familie war mit ihm überzeugt davon, daß das gesund sei und daß er ein langes Leben haben würde – er hatte es.

Ich hatte das Glück, ihn als liebevollen alten Mann zu kennen, und das Glück, sein Enkel zu sein, den er mochte, weil er ein Patriarch war. Die Generation vor mir hatte es etwas schwerer mit ihm. Er war ein strenger und ein harter Mann. Er wußte, was recht ist und was gerecht ist, und es gab im Dorf auch Leute, die ihn nicht grüßten, weil sie ihn als Kavalleriewachtmeister kennengelernt hatten.

So hielt er es auch mit seinem Schluck Wasser vom Brunnen hinter dem Haus – in den nüchternen Magen und bei jeder Kälte, morgens um vier. Hätten alle so viel Anstand gehabt wie er, die Welt wäre in Ordnung gewesen. Denn er hielt seinen Schluck Wasser für Tapferkeit und Mut. Er hielt ihn – so glaube ich – sogar für Patriotismus.

Denn schon damals gab es viel Gesindel im Dorf:

Radfahrer zum Beispiel, die hielt mein Großvater grundsätzlich für Sozialdemokraten, also für solche, die morgens um vier keinen Schluck kaltes Wasser trinken. Nicht daß er Autofahrer gewesen wäre, das war man damals noch nicht. Er war nicht einmal Fußgänger. Er war ein Mann, der nach dem Grundsatz lebte: »Tue recht und scheue niemand«, und er wußte, was Rechttun heißt – er trank, er trank einen kräftigen Schluck Wasser vom Brunnen.

Das gab ihm die Kraft zum Arbeiten und die Überzeugung, daß alle anderen faul, ungewaschen und arbeitsunwillig seien. Er propagierte sein Wassertrinken nicht. Es war ihm recht, der einzige Gerechte zu sein.

Die Heilslehre ist immer die Lehre von der Anständigkeit. Man tut irgend etwas – und zwar konsequent –, und jene, die es nicht tun, das sind dann die Unanständigen.

Es gibt im Amerikanischen seit einiger Zeit ein neues Wort dafür: »politically correct«, abgekürzt »PC«. Und das Wort »politically« meint nicht politisch, es meint anständig – und anständig heißt dann z. B. Vegetarier sein, heißt Körner essen, auf die Gesundheit achten, umweltbewußt leben, friedlich leben; und Vegetarier sein und sich biologisch ernähren, das ist schon die Friedlichkeit an und für sich. Wären die Jugoslawen »PC«

gewesen, so glauben jene, würden sie noch immer im Frieden leben.
Nein, mein Großvater wäre in ihren Augen kein »PC« gewesen, kein Friedlicher. Trotzdem, er erinnert mich an jene, die den Frieden der Welt in einer Heilslehre suchen, in einer Diät, in Düften und Blüten, in Turnübungen.
Nein, mein Großvater hat im Unterschied zu ihnen nicht gesund gelebt – ganz im Gegenteil, und er konnte ein Grobian sein. Sein Ziel war nicht Friedlichkeit, sondern der Sieg der Gerechten, der Sieg der gerechten Kavallerie. Und die Ungerechten, das waren die Unanständigen – jene nämlich, die nicht morgens um vier auf den Beinen waren und einen tüchtigen Schluck Wasser vom Brunnen hinter dem Haus tranken.
Heilslehren haben Konjunktur – sie sprechen von der Gesundheit und vom langen Leben, und das mag ja erstrebenswert sein. Aber sie meinen etwas ganz anderes, sie meinen die Anständigkeit der Gerechten. Und die Gerechtigkeit der Anständigen hat auch einen Namen: Sie heißt Selbstgerechtigkeit. Und so geht es dann um den Kampf der Gerechten – der gerechten Schweizer gegen die ungerechten Türken, der gerechten Inländer gegen die ungerechten Ausländer, gegen die ungerechten Drogenkranken usw.
Ja, das war er, mein Großvater, selbstgerecht war

er. Den Nachbrand lernte ich selber erst viel später kennen, als auch ich den Rotwein entdeckt hatte und morgens als erstes einen tüchtigen Schluck kaltes Wasser von der Röhre trank.

Herr Hauptmann, habe ich gesagt

Warum erzählt er mir das? Er kennt mich doch, und er hat doch seine Bedenken gegenüber dem, was ich denke. Warum erzählt er ausgerechnet mir das?

Armin ist 84, er ist als Schuhmacher in der Welt herumgekommen, in einer kleinen Welt zwar, aber immerhin hat er auch in Paris gearbeitet, bis 1939, dann brach der Krieg aus, Armin war dreißig. Später, nach dem Krieg hat er es zu was gebracht, auf Umwegen, er besitzt Häuser, und er ist Mitglied von Vereinen und beschäftigt mit Generalversammlungen, Vereinsausflügen, Kommitee-Sitzungen. Er ist ein freundlicher Mensch – geworden vielleicht –, und aus irgendwelchen eigenartigen Gründen mag er mich, wo er doch weiß, daß ich seine politischen Meinungen nicht teilen kann, wir sehen uns selten und zufällig. Er ist noch einer jener Gäste, die in der Beiz ihre Ruhe und Gemütlichkeit suchen, und er raucht seine Zigarre genüßlich – zu Hause raucht er nicht, nicht etwa wegen der Gesundheit, er hat eine erstaunliche Gesundheit, sondern wegen der Vorhänge.

Er hat es nach dem Krieg zu Vermögen und Ansehen gebracht, zu Kenntnissen über Rotwein auch und zur Fähigkeit, Zigarren genüßlich zu rauchen. Er freut sich, wenn er mich sieht in der Beiz, und ohne lange Umschweife beginnt er zu erzählen: »Den Siegfried, den hatten wir 1940 noch als Leutnant – ein Aargauer –, 1942 am Gotthard oben war er dann schon Oberleutnant. Und da glaubte er nun, er könne uns alten Hasen etwas vormachen. ›Herr Oberleutnant‹, habe ich ihm gesagt, ›Sie haben keine Ahnung von einer Telefonleitung‹, das habe ich ihm gesagt, einfach so ins Gesicht, und der ging zum Hauptmann, und das ging bis zum Oberst, Brunner hieß der, ein Zürcher, aber dem hab ichs gesagt. ›Herr Oberst, hab ich gesagt ...‹«

Ich höre ihm nur mit einem Ohr zu. Zweiunddreißig war er damals, über fünfzig Jahre ist das her, und er hat nichts anderes zu erzählen. Warum erzählt er das ausgerechnet mir? Er weiß doch. Vielleicht, weil ich – wenn auch nur mit einem Ohr – zuhöre.

Ich muß mich auch ein bißchen beherrschen, nun nicht auch noch anzufangen und mitzuerzählen, wie ich damals dem Feldweibel und dem Hauptmann usw. usw. Es ist zwar traurig, daß Armins Leben – sein Erleben – damals vor 50 Jahren zu Ende war und dann nur noch die Häuser und die Arbeit und ein bißchen Ehe und ein Kind und ein

paar Vereine und Ehrengesellschaften dazukamen, von denen er nie erzählt. Aber lassen wir das. Er ist nicht der einzige, der solche und nur solche Geschichten erzählt. Und alle, die solche Geschichten erzählen, erzählen nichts anderes als die Geschichte, wie sie dem Feldweibel alle Schande gesagt haben, wie sie sich das vom Hauptmann nicht haben bieten lassen, wie sie dem Oberst ins Gesicht gesagt haben, daß er ein Arschloch sei.
Nein, das hat er nicht gesagt – ich kenne Armin, ein serviler, angepaßter Mann, der alles, was er erreicht hat, mit seiner Servilität erreicht hat. In Wirklichkeit hat er gesagt: »Zu Befehl, Herr Oberleutnant.« In Wirklichkeit hat er gesagt: »Das war nicht ich, sondern der Meier.« Und nur eines ist ihm gutzuhalten, daß er sich mindestens ein Leben lang geschämt hat für seine kleinlaute Servilität. Wäre er der einzige, der so erzählt, es wäre nicht erwähnenswert, aber alle erzählen so. Es fällt keinem leicht, diesen Siegfrieds und Brunners ausgesetzt und ausgeliefert zu sein und ihre unumschränkte Macht masochistisch zu genießen.
»Herr Obersturmbannführer«, habe ich gesagt, 1942, »dieser Krieg ist doch verloren. Das habe ich gesagt – und ohne auch nur Heil Hitler zu sagen«, wie oft habe ich diesen und ähnliche Sätze schon gehört von alten Deutschen. »Ja, genauso habe ich das gesagt.«

Selbstverständlich hat er nicht, fast niemand hat. Und alle erzählen davon, wie sie dem Feldweibel, wie sie dem Hauptmann, wie sie dem Oberst. Denn hätten sie, es hätte nie Kriege gegeben. Und wäre das Militär so, daß man so etwas sagen könnte, niemand würde vom Militär erzählen.

Haben Sie etwas gegen die Italiener?

»Sie hat die ganze Garage aufgeräumt, wir vier zusammen hätten das nicht besser gekonnt«, er spricht von seiner jungen Ehefrau. Er spricht mit Bewunderung von ihr, er lobt sie. »Sie ist sehr sauber«, sagt er.

Ja, er liebt sie. Er verteidigt sie: »Wir vier zusammen hätten das nicht besser gekonnt.« Sie hat es übrigens gut, ihr Ehemann ist ein erfolgreicher Geschäftsmann, sie liebt ihn, vielleicht vergöttert sie ihn. Aber irgendwie habe ich den Eindruck, er spricht von ihr wie von einem geliebten Haustier, von einer sauberen, sehr intelligenten, sehr anhänglichen Katze, deren Verlust einen sehr schmerzen würde, von einem Hund, der einen versteht und sogar die Zeitung täglich am Kiosk holt.

Selbstverständlich ist er ein Macho, das unterscheidet ihn nicht von anderen Männern, und er ist stolz darauf. Aber selbstverständlich ist er kein Rassist, er glaubt, dafür den Beweis angetreten zu haben. Er hat – wie alle Rassisten – den Beweis der Ausnahme, er hat eine dunkelhäutige Frau, und er lobt sie.

Übrigens hat er nicht gesagt: »Sie ist sauber«, er

hat gesagt: »Die Asiatinnen sind sauber.« Einer Gruppe von Menschen gemeinsame Eigenschaften – positive oder negative – zuzumessen und damit zu meinen, alle dieser Gruppe seien gleich, das ist Rassismus. Er aber ist stolz auf seine Frau, er bekennt sich zu ihr. Was gibt es daran rumzumeckern? Sie hat es sicher gut bei ihm.

Nur das Lob will mir nicht gefallen. Liebe hat mit etwas anderem zu tun als mit den Qualitäten der Partnerin, des Partners. Liebe wäre etwas Ganzes, was kein Lob mehr braucht.

Aber stolz ist er auf sie – Besitzerstolz. So wie man stolz sein kann auf ein besonders kostbares Reitpferd, auf einen besonders treuen Hund. Irgendwie sind wir alle immer noch wie Bauern des 19. Jahrhunderts, die sich eine Frau nehmen, die sauber ist, die arbeiten kann, mit der man sich zeigen kann, die man in Besitz nehmen kann.

Ein anderer, ein jüngerer, weiß, daß er ein Rassist ist, und er ist stolz darauf. Wenn er Rassismus meint, dann meint er die Türken und die Jugos. Und befragt, was er denn von Tamilen halte, sagt er überraschenderweise, die seien schon recht, die seien schüchtern und würden sich unterwerfen. (Das ist also die Anpassung, die immer wieder von Ausländern erwartet wird: Unterwerfung.) Und nun erwähnt er die Schwarzenbach-Initiative, und daß es idiotisch gewesen sei, sie abzulehnen. Und ich erinnere mich, wie wir damals gegen diese Initiative gekämpft haben, und um was für Leute es ging – es ging um Italiener, und es gab damals einen Haß auf Italiener – wie lange das schon her ist oder wie schnell das schon vergessen ist.

»Ein kleines Herrenvolk sieht sich in Gefahr: man hat Arbeitskräfte gerufen, und es kommen Menschen. Sie fressen den Wohlstand nicht auf, im Gegenteil, sie sind für den Wohlstand unerläßlich ...«, schrieb Max Frisch 1965 in einem Vorwort zum Buch »Siamo Italiani« von Alexander J. Seiler. Wer damals seiner Meinung war, hatte nicht viele Freunde.

Inzwischen ist das alljährliche Ausländerfest, das vor Jahren junge Linke auf die Beine stellten, um für Verständnis für Gastarbeiter zu werben, fest in italienischen Händen und zu einem Muß für die Bürger der Stadt geworden. Die Italiener teilen inzwischen die Meinung der Schweizer über Ausländer – man hat sich gegenseitig im Verrat gefunden.

Die Türken sind die neuen Juden. Die Italiener waren sie mal, die Tamilen waren sie mal. Wer auch immer die neuen Juden sein werden, die Politik wird die Sorgen der Bevölkerung ernst nehmen. Nicht etwa die Sorgen, daß zu viele hier sind, sondern daß solche hier sind, die wir nicht mögen, 1970 die Italiener, 1980 die Tamilen,

1990 die Türken, die Kurden. Nicht das Problem ist gemeint, sondern die jeweiligen Menschengruppen. Das ist Rassismus – ohne Argumente, einfach so. Und die Politik macht bereits mit, so wie sie damals beim Antisemitismus mitgemacht hat. Und die neuen Verhaßten befreien die alten Verhaßten. Oder haben sie wirklich etwas gegen die Italiener?

Frieden unter Freunden?

In einem Fragebogen von Max Frisch – Fragen, die nicht dafür gedacht sind, vorschnell beantwortet zu werden – steht die Frage:
»Wenn Sie die Macht hätten zu befehlen, was Ihnen heute richtig scheint, würden Sie es befehlen gegen den Widerspruch der Mehrheit? Ja oder Nein. Und warum nicht, wenn es Ihnen richtig scheint?«
Ich möchte die Frage nicht beantworten, aber sie beschäftigt mich, und es ist wohl jene Frage, die immer wieder Politik relativiert. Niemand will große Politik, man will die ganz kleine oder noch lieber gar keine.
Rabin und Arafat haben kürzlich Politik gemacht, große Politik und für viele auch unpopuläre. Die politischen Kommentatoren waren sich denn auch sehr schnell darin einig, daß dieses Abkommen der gegenseitigen Anerkennung nicht unterschrieben werde, keine Chancen habe, und nach der Unterschrift war man sich auch bald einig, daß es nicht funktionieren könne. Die erste Prognose allerdings war falsch – es wurde unterschrieben. Vielleicht haben die beiden wirklich Frischs Frage mit Ja beantwortet.

Rabin hatte einen harten Stand vor dem israelischen Parlament – der Knesset –, als er seine Entscheidung, die PLO anzuerkennen, zu begründen hatte. Und er sagte dabei einen Satz, der in der allgemeinen Aktualitätenflut etwas allzuschnell untergegangen ist:
»Die PLO ist ein Feind und bleibt ein Feind, aber Frieden wird unter Feinden ausgehandelt.«
Das ist ein harter Satz und ein mutiger Satz, und er erinnerte mich an die – rhetorische – Frage von Max Frisch. Unsere Politik ist dauernd und immer wieder die Politik von Freunden und die Politik unter Freunden – von echter Freundschaft über erzwungene Freundschaften bis hin zur freundschaftlichen Korruption. Politiker wollen beliebt sein und sie sind es, und damit basta.
Mit dem Feind Frieden schließen, das heißt auch, den andern so zu nehmen, wie er ist – nicht darüber zu diskutieren, ob die PLO, ob die Serben, die Türken, die Kurden nun nett oder sympathisch oder gar sympathischer seien, sondern zu wissen, daß sie ganz anders sind, vielleicht sogar feindlich sind, zu wissen, daß Frieden unter Feinden ausgehandelt wird.
Macht ausüben, das heißt mitunter auch, andere zur Freundschaft zu zwingen. Auch despotische Chefs sind davon überzeugt, daß sie beliebt sind, denn sie zwingen ihre »Untertanen« zur Liebe.

Diktatoren zum Beispiel haben keine Feinde und sie zwingen ihre Bürger zur Freundschaft – wie etwa Erich Honecker, der durchaus überzeugt war, ein beliebter Landesvater zu sein. Wenn dann einer den Diktator nicht liebt, dann wird er zum Staatsfeind erklärt, nicht etwa zum Feind des Präsidenten, sondern zum Staatsfeind. Diktatoren können sehr unangenehm werden, wenn man ihnen die Liebe versagt.

Demokratie ist Politik von Mehrheiten. Aber die Eitelkeit und die Liebebedürftigkeit der Politiker macht diese Mehrheit oft zu einer lächerlichen Masse. Die Demokratie ist eine andere – eine bessere – Regierungsform, aber die Politiker aller Regierungsformen sind ähnlich: Eitelkeit und Liebesbedürftigkeit bestimmt ihr Tun. Und zum Schluß kann man dann in allen Staatsformen feststellen, daß wohl das Volk selber schuld war. Der Politiker ringt um die Liebe eines Volkes. Nicht *was* das Volk liebt, ist entscheidend, sondern *wen*. Daß es dann auch entsprechend zu hassen hat – nämlich alle anderen –, das ist der tödliche Preis für die Eitelkeit der Politik.

Wären wir nämlich alle so liebend und geliebt, wir hätten keine Politik nötig, und Frieden wird unter Feinden ausgehandelt.

Von der Streitkultur

Ein Freund in Berlin fragt mich nach Meienberg, nach seinem Tod. Warum kann ich nun nicht einfach sagen: »Ich bin traurig.« Warum muß ich ansetzen zu langen Erklärungen von Schwierigkeiten, die wir mit ihm hatten, die er uns immer wieder machte?
Ich weiß nicht einmal, wieviel jener Berliner von Meienberg kennt, ob er überhaupt etwas von Meienberg gelesen hat – vielleicht nicht –, aber er ist ein Linker, ein 68er wie Meienberg selbst, und er weiß sicher etwas von Meienberg, nämlich daß er einer von ihnen war, daß sie, die ehemaligen 68er, einen verloren haben.
Warum muß ich ihm nun noch erklären, daß Meienberg sehr unsolidarisch sein konnte, sämtliche seiner Freunde immer wieder mit seiner Eifersucht quälte, sie dauernd zu diffamieren versuchte, eifersüchtig darauf bedacht, der Beste und der Geliebteste zu sein? Ist es Eifersucht gegen Eifersucht?
Ich erinnere mich an einen ruhigen, stillen Sonntag in meinem Arbeitszimmer. Ich war am Lesen, genoß es, von niemandem gestört zu werden. Da rief Meienberg an – wie immer in seiner aufgereg-

ten Art – und sagte, er sei in Solothurn, sitze in einer Beiz und wolle mich sehen. Der schöne Sonntag war kaputt. Ich wußte, er würde mit mir heftig diskutieren, über Kollegen schimpfen, mich beschimpfen. Doch es wurde ein wunderschöner Nachmittag und ein stiller, und Niklaus erzählte. Getrübt wurde er nur durch meine lauernde Haltung: »Wann kommt es? Warum ist er so freundlich?« Wir gingen nach einigen Stunden zu seinem Auto, er öffnete den Kofferraum, entnahm ihm sein eben erschienenes Buch »Wille und Wahn« und überreichte es mir. Ich ging zurück in mein Arbeitszimmer, begann zu lesen und konnte nicht mehr aufhören. Ich war begeistert, ein hervorragendes Buch. Das war es, was ihn so angenehm machte an diesem Tag: Er wußte, daß er ein gutes Buch geschrieben hatte. Und für mich blieb nur ein ganz kleiner Ärger zurück, der Ärger darüber, daß ich mich freuen mußte, daß er mich nicht beschimpft hatte.

Er hatte uns alle dauernd in Verdacht. Er verdächtigte uns des Verrats, der falschen politischen Haltung, der falschen literarischen Auffassung. Und wir haben es alle ertragen – ein Mal, zwei Mal, drei Mal –, und dann kamen unsere Verdächtigungen.

Er war ungerecht, und das war er immer dann, wenn er vehement um das Recht kämpfte, um das

Recht der Darstellung der Wahrheit, um seine persönlichen Rechte, um das Recht, Meinung verbreiten zu dürfen. Er war ungerecht, das war seine Stärke, seine politische und seine literarische Stärke. Er reagierte heftig und schnell auf alles. Und wer so heftig reagiert, der muß auch ungenau sein. Da war immer ein Komma, ein Satz, eine Behauptung, an der ihn ein politischer Gegner aufhängen konnte. Denn seine Gegner glaubten an absolute Wahrheiten. Eine Welt der absoluten Wahrheit aber macht Journalismus unmöglich. Das wissen jene, die von Journalisten Objektivität und nur Objektivität verlangen. (Die DDR z. B. war eine Welt der absoluten Wahrheiten. Die Wahrheit war dort ein Regierungsbeschluß. Es gibt genug Spießer, die dies auch bei uns so haben möchten.)
In der Beiz, in der ich Niklaus damals traf, saßen viele Italiener. Sie schrien sich an mit roten Köpfen. Sie stritten sich fürchterlich, und sie waren Freunde, gute Freunde, die sich hier freundschaftlich trafen.
Wir sprechen zwar viel von demokratischer Kultur und meinen damit dann wohl doch nur ein bißchen Wohlverhalten und ein bißchen Nettigkeit. Mir scheint, daß uns die Streitkultur verloren gegangen ist. Die Zunahme der Gewalt könnte unter vielem anderen auch damit zu tun haben,

daß wir das Streiten verlernt haben. Wir können nur noch hassen oder lieben – streiten können wir nicht mehr.
Nun haben wir einen Streiter mehr verloren, und das vielleicht auch deshalb, weil uns immer wieder die Lust fehlte, mit ihm zu streiten, und ihm letztlich nur noch der Streit mit sich selbst blieb.

Ein Land ohne Patriotismus?

Angenommen, ich lebte in einem Land, das ganz andere Anständigkeiten kennen würde als jenes, in dem ich lebe; in einem unanständigen Land also – denn wenn ein Staat die Anständigkeit für sich definiert hat, ist doch jede andere Definition unanständig.

Ich nehme doch an, daß ich in jenem anderen Land zur Schule gegangen wäre, um Lesen und Schreiben zu lernen. Ich nehme doch an, daß mein Vater mich auch in jenem anderen Land angehalten hätte, ein guter und fleißiger und anständiger Schüler zu sein. Ich hätte dort dieselben Buchstaben gelernt wie hier, dieselbe Sprache. Ich hätte später von denselben Dichtern gehört: Goethe, Schiller, Thomas Mann. Ich hätte dieselben Gedichte auswendig lernen müssen, die Glocke von Schiller zum Beispiel.

Ich wäre ein Schüler gewesen – das ist sicher –, der seinem Lehrer an den Lippen gehangen hätte. Ich nehme an, daß er ein Lehrer gewesen wäre, der mich so begeistert hätte wie jener, den ich hier in der Schweiz hatte. Und ich hätte ihm auch Freude machen wollen mit meinem schnellen Begreifen. Ich wäre auch vom Geschichtsunterricht und von der Staatsbürgerkunde begeistert gewesen. Vielleicht hätte ich später damit einige Schwierigkeiten bekommen, hätte – wie auch hier – begonnen, ein bißchen selbst zu denken. Aber ich hätte in jenem Land gelebt – vorerst einmal für immer –, und ich hätte nicht dauernd ganz anders als die anderen sein wollen, und ich hätte nicht allzusehr auffallen wollen, dem Staat nicht, der Polizei nicht, den Nachbarn nicht.

Patriotismus ist – wo auch immer – ein absoluter Wert, und man hat, will man anständig sein, ein Patriot zu sein – wo auch immer.

Am Brandenburger Tor in Berlin wird der strahlende Müll einer Gesellschaft verkauft: Russische Uniformstücke, Orden der DDR usw.

Ein Freund kauft mir dort – nur so zum Spaß – einen Orden der DDR. Eine Medaille in purpurrotem Email mit den Emblemen des Staates und der Inschrift »Für patriotische Leistungen«. Der Verkäufer, ein Deutscher, sagt mit zynischem Lächeln: »In Gold«. Es muß also eine besondere Ehre gewesen sein, diese Medaille zu bekommen. Vielleicht war es seine. Sie ist jetzt nichts mehr, der absolute Wert des Patriotismus ist nur noch Müll.

Ich könnte sie jetzt tragen, aus dummem Übermut, als Provokation oder einfach so, wie man halt irgendeinen Pin trägt.

Es gibt zwei Gründe, die mich davon abhalten. Der erste Grund: Der ehemalige Träger könnte ein Übeltäter gewesen sein, einer, der auf Flüchtlinge geschossen hat, einer, der seinen Nachbarn ins Gefängnis gebracht hat. Und der zweite Grund: Vielleicht hat den Orden eine Frau getragen, die jemandem das Leben gerettet hat, ein alter Mann, der einen Kinderspielplatz gebaut und betreut hat. Es werden nicht nur Übeltäter und naive Sportler gewesen sein, die ausgezeichnet wurden.

Ich kann diese Medaille nicht mit mir herumtragen. (Ich weiß nicht einmal mehr, wo sie ist.) Ich kann sie nicht tragen wegen des Stolzes, der an ihr hängt. Die ehemalige Besitzerin, der Besitzer, wird stolz gewesen sein auf sie. Sie hatten etwas geleistet für ihr Vaterland.

Ich habe mal einen schweizerischen Oberstdivisionär – der mir seine Biographie erzählte, und wie er fast zufällig, wenn auch überzeugt und als Patriot, zu seinem Beruf gekommen sei – gefragt, ob er sich vorstellen könnte, daß er in Rußland geboren wäre, eine ähnlich angepaßte Biographie gehabt hätte und russischer General geworden wäre. Er wies dies entsetzt von sich, und ich frage mich, was er denn dort geworden wäre – Pazifist vielleicht oder Arbeiter in einem Kohlebergwerk.

Und vielleicht hätten er oder ich auch mit Stolz

einen Orden für patriotische Leistungen getragen. Ich jedenfalls wünschte mir ein Land ohne Patriotismus.

Zum Beispiel das mit den Käfern

Weihnachten, Neujahr: Die Zeitungen rufen wieder an, eine kleine Umfrage: »Was sind Ihre Wünsche fürs neue Jahr?« Ich mag darauf nicht antworten. Oder dann die Frage: »Was sind Ihre Utopien für die nächsten zehn Jahre?« Ich kann darauf nicht antworten. Also keine Wünsche? Ja, ich habe keine Wünsche, wenn damit persönliche Wünsche gemeint sind. Also keine Utopien? Ja, wenn damit Hoffnungen gemeint sind. Ich spiele kein Lotto, weil ich mich vor der Million fürchte. Sie würde mein Leben verändern, davor fürchte ich mich. Hoffnungen – die Hoffnung, daß ein Engel kommt und das alles wegnimmt, die finanziellen Sorgen, das mit den Drogen, das mit den Asylanten, das mit der Arbeitslosigkeit.

Ich möchte zum Beispiel, daß ein solcher Engel die Käfer in meiner Wohnung wegnimmt. Ich habe genug davon, sie umzubringen. Bei jedem Zerquetschen habe ich ein schlechtes Gewissen. Sie stören auch nicht sehr – ich fürchte mich nur vor ihrer Vermehrung. Und es sind Lebewesen, es sind Kreaturen. Sie gehören zur Vielfalt an Lebendem in dieser Welt. Ich habe nichts, gar nichts gegen sie. Und ich meine, ich hätte sie umzubringen.

Schädlinge? Ich könnte keinen Schaden nachweisen, den sie mir angerichtet haben. Sie sind auch scheu und fliehen Licht und Menschen. Ich könnte hier ruhig schlafen mit ihnen. Aber sie stören. Man hat keine Käfer in der Wohnung. Wer Käfer in der Wohnung hat, ist ein unordentlicher Mensch. Ich möchte ein ordentlicher Mensch sein. Ich möchte mich nicht vor Besuchern für diese Käfer entschuldigen müssen, behaupten müssen, sie seien neu, und ich hätte vorher noch keine gesehen. Also bringe ich sie um, und ich nehme ihnen das persönlich übel, daß ich sie umbringen muß. Ich hasse sie, weil sie mich schuldig machen. Wären sie nicht hier, sondern irgendwo im Käferland, dann könnte ich ruhig ein unschuldiger Mensch sein. Ich bin kein Rassist, aber sie – die andere Rasse, die Rasse Käfer – beweist mir tagtäglich, daß ich ein Rassist bin. Das nehme ich dieser Rasse übel, daß sie mir beweist, daß ich einer bin.

Wenn sie doch endlich weg wäre, die Arbeitslosigkeit! Wenn sie doch endlich weg wären, die Flüchtlinge, die Drogen! Ob die Kriege in aller Welt noch ein bißchen bleiben dürften?

Wie feiern wir eigentlich Weihnachten unter diesen Bedingungen? Wohl genauso wie letztes Jahr, wie vorletztes Jahr. Ist »feiern« überhaupt das richtige Wort, wäre »machen« nicht zutreffender?

Wie macht zum Beispiel jener Weihnachten, den

ich kürzlich im Bahnhof Zürich erlebt habe. Ich stehe auf der Rolltreppe. Plötzlich beginnt hinter mir jemand zu schreien: »Du dreckiges Schwein, du Affe, Sauhund usw.«, ich drehe mich um, hinter mir steht eine junge Frau, bleich und erschrocken. Hinter ihr ein gutgekleideter, absolut seriös aussehender Geschäftsmann, Aktenkoffer, Anzug, Mantel. Er eilt oben an der Treppe an mir vorbei. Ich bleibe entsetzt stehen, und nun kommt ein Mann auf mich zu – offensichtlich Ausländer, so wie ein Asylant eben aussieht – und sagt zu mir in recht gutem Deutsch: »Der spinnt wohl, dem geht es nicht gut«, und er versucht mich zu trösten. »Das darf man nicht ernst nehmen«, sagt er. »Wissen Sie, ich arbeite hier, schon lange und jeden Tag. Ich bin kein Flüchtling. Ich habe eine Arbeitsbewilligung, eine Aufenthaltsbewilligung, schon lange.«

Wäre der Schreihals, der Beschimpfer ein Skinhead gewesen, eben so einer, wie man sich Neofaschisten vorstellt, ich wäre zwar auch erschrocken, aber so einer hätte wenigstens in meine Vorstellung gepaßt. Was mich hinterher doppelt erschreckte, war mein falsches Geschichtsbild. Die wirklichen Nazis waren nämlich nicht Skinheads und wilde Horden, sondern auch recht ordentliche Geschäftsherren, Buchhalter, Handwerker.

Ich versuche mir vorzustellen, wie jener Geschäftsherr von der Rolltreppe Weihnachten macht. Wohl so wie wir alle: Die Enkel auf den Knien und von ihnen geliebt. Ein Weihnachtsfest in Unschuld. Schuldig sind jene anderen, die uns zu Tätern machen.

Von den guten alten Zeiten

»Der Huber, das war noch ein Kerl. Ich saß noch mit ihm zusammen, als er plötzlich sagte, daß er sich jetzt umbringen würde, und dann ging er auf die Straße und brachte sich um. Der Keller, wer hätte gedacht, daß der so jung stirbt. Der Hauri hat auch dort unten gewohnt, der lebt auch nicht mehr. Und der Gerber hatte Pech mit seiner Frau und saß dann im Gefängnis. Hast du den Joachim Zaugg noch gekannt?«
Morgens früh im Café – er hält mich für gleichaltrig, was ich einigermaßen auch bin, und er klappert Namen herunter, die wir beide, und eben nur wir beide, noch kannten. Denn da sitzen auch noch andere im Café, jüngere, die eben noch nicht da waren, als jene – der Huber, der Keller, der Hauri – noch da waren.
Endlich bezahlt er und geht, und beim Herausgehen sagt er noch: »Das waren noch Zeiten, das Leben war damals doch sehr viel besser.«
Daran haben wir uns alle gewöhnt, daß die Zeiten, an die sich die Jungeren eben nicht erinnern, besser waren. (Die Zeiten, in denen sich Huber umbrachte; die Zeiten, in denen Gerber Pech hatte mit seiner Frau und dafür im Gefäng-

nis saß; die Zeiten, in denen Keller so jung starb.)

Es hat keinen Sinn, ihn zu fragen, warum diese Zeiten nun besser waren. Sie waren einfach besser, und ich ertappe mich dabei, daß ich auch ein wenig stolz darauf bin, daß ich mich erinnere.

Eine junge Frau, Jahrgang 68, erzählt am Radio, daß sie ihr ganzes Leben in ihrem Dorf verbracht habe, und der Interviewer fragt aus Verlegenheit: »Hat sich Ihr Dorf verändert?« Ja, es hat sich – selbstverständlich – total verändert. »Es ist nicht mehr wie früher.« Früher muß für sie vor zehn Jahren gewesen sein. Für uns Ältere sind zehn Jahre noch nicht »früher«.

Aber für alle gibt es ein »Früher«, auch für meine sechsjährige Enkelin. Auch sie sagt bereits: »Weißt du noch?« Auch für sie gibt es bereits Leute (Kinder), die damals noch nicht waren.

Das, was die Alten – auch meine sechsjährige »alte« Enkelin – als Erfahrung bezeichnen, das ist nichts anderes als Erinnerung: gelebt zu haben, als die anderen noch nicht lebten.

Ich habe in Olten noch Leute gekannt, die davon erzählten, wie um die Jahrhundertwende die Aare gefroren war und man auf ihr Schlittschuh laufen konnte. Damals waren sie Kinder, jetzt waren sie alt. Und ich beneidete sie darum. Nicht etwa darum, daß sie auf der Aare Schlittschuh laufen konnten, sondern vielmehr darum, daß sie von Dingen erzählen konnten, die nur sie und niemand anders erlebt hatten. Ich hätte – und nur aus diesem Grund – sehr gern gehabt, die Aare würde gefrieren.

Würde sie heute gefrieren, sie täte es – für mich – zu spät, denn ich könnte in fünfzig Jahren den jungen Leuten nicht sagen, daß ich schon lebte, als die Aare gefroren war. Einem Jungen könnte das Ereignis noch zur Erinnerung werden, einem Alten nicht.

Deshalb auch klingt in Erzählungen der Alten über den Krieg damals so etwas wie Triumph mit, der Triumph, daß die Jungen damals noch nicht lebten. Und wohl nur deshalb waren die alten Zeiten so gut, weil man sich an sie erinnert.

So wird wohl auch die heutige Jugend in 50 Jahren ihren Enkeln vorwerfen, daß sie die Krise der 90er Jahre nicht erlebt haben. Sie werden ihnen mit Stolz vorwerfen, wie schwer sie es hatten – und wie gute Zeiten das waren. Die gute alte Zeit.

Und die Jungen leben immer in der schlechten neuen Zeit und sind eine schlechte Jugend. Und die Alten nennen ihren Stolz darauf, daß sie damals schon lebten, Erfahrung. Und daß die Jungen den Huber nicht kannten, das ist ihnen Beweis genug, daß die Jungen unerfahren sind.

Die Welt ist noch in Ordnung

»Der Mensch steht wieder vor dem Chaos; und das ist um so furchtbarer, als die meisten es gar nicht sehen, weil überall wissenschaftlich gebildete Leute reden, Maschinen laufen und Behörden funktionieren.«

Das Zitat ist nicht von heute – ob das tröstlich ist? Der Autor, Romano Guardini, ist 1968 gestorben. Er war ein katholischer Theologe und Religionsphilosoph, und er erhielt 1952 den Friedenspreis des Deutschen Buchhandels.

Leider kenne ich den Zusammenhang nicht, aus dem das Zitat stammt. Ich habe es der Zuckermühle Rupperswil zu verdanken. Es stammt von einem Zuckersäcklein, das mir in der Beiz zu meinem Morgenkaffee serviert wurde – jenem Morgenkaffee, der eigentlich nur die Funktion hat, etwas Ordnung in mein Leben zu bringen, den Tag genau gleich zu beginnen wie alle Tage, damit alle Tage zum mindesten zu Beginn ihre Ordnung haben.

Man nennt das Gewohnheiten, und sie haben wohl auch etwas Schäbiges, denn Tausende von Menschen leben ohne Gewohnheiten, haben ihre Gewohnheiten verloren – in Bosnien zum Beispiel, in Sarajevo, wo vor einiger Zeit noch eine internationale Ordnungsschau stattfand: Die Olympischen Spiele.

Ärgern Sie sich auch ab und zu über die Kommentatoren von Skirennen? Ich muß Ihnen sagen, Sie ärgern sich zu Unrecht. Die können nämlich nicht anders. Sie haben etwas Fachliches zu sagen, etwas Wissenschaftliches sozusagen zu einer Geschichte, zu der es nichts Wissenschaftliches zu sagen gibt, »... und das ist um so furchtbarer, als die meisten es gar nicht sehen, weil überall wissenschaftlich gebildete Leute reden ...«

Ich mag die fachlichen Kommentare von Russi zum Beispiel – denn wenn ich ganz ehrlich bin, dann fallen mir bei den ersten dreißig Fahrern kaum Unterschiede auf. Ich wüßte nichts zu ihnen zu sagen. Inzwischen habe ich aber von Russi gelernt: Ideallinie, Rutscher, Innenski. Ich habe es von ihm so gut gelernt, daß ich mit Schadenfreude darauf reagiere, wenn er sich verhaut. Wenn er sieht, wie der spätere Sieger bei einem entscheidenden Fehler eine gute halbe Sekunde verloren hat. Und ich lächle bei Russis Versuch, doch noch recht zu bekommen, auf einen zu warten, der es fehlerlos macht. Dann wäre hinterher der Kommentar doch richtig gewesen, dann hätte Wasmeier die Medaille doch mit dem entscheidenden Fehler verloren. Der Fehler war nicht entscheidend. Die Prognose war falsch.

Es gibt in der Philosophie einen neuen Modeartikel, die Chaostheorie. Alle einigermaßen Gebildeten sprechen darüber. Romano Guardini kannte sie noch nicht. Alle stellen sich ein bißchen was darunter vor. Zum Beispiel beinhaltet sie auch, daß die Wissenschaft kaum Prognosen stellen kann.

Die Geschwindigkeit eines Skirennfahrers ist nicht sichtbar: Vreni Schneider wirkt langsam und gewinnt, die Dreißigste wirkt unheimlich schnell. Der Kommentator hat sich dauernd mit einem »aber« zu korrigieren: »... aber schnell.«

Ich frage mich schon lange, warum noch nie jemand an der Zeitmessung herumgemeckert hat, so wie man etwa an Schiedsrichterleistungen herummeckert. Ganz einfach deshalb, weil man Fußball auch mit einem schlechten Schiedsrichter spielen kann. Ohne die Uhr mit ihren Hundertsteln wäre Skirennen nicht möglich. Der Glaube an die Uhr ist alles. Wir glauben etwas, das wir nicht sehen.

Und die Kommentatoren erklären uns die Ordnung. Alles hat seine Gründe, jeder Sieg und jede Niederlage. Jeder Krieg und jeder Völkerhaß. Jede Wirtschaftskrise und jede Rationalisierung.

»... und das ist um so furchtbarer, als die meisten es gar nicht sehen, weil überall wissenschaftlich gebildete Leute reden, Maschinen laufen und Behörden funktionieren.«
Die Olympischen Spiele, die funktionieren auch. Sie funktionieren in einer Welt, die nicht mehr funktionieren will. Und sie geben uns die Illusion von Ordnung. Für die nächsten Spiele – da sind sich die Kommentatoren einig – werden wir uns neu zu organisieren haben.

Ohne Worte

Vor einigen Jahren fuhr ich mit der Eisenbahn von Kairo nach Assuan, ein bißchen und, wie sich herausstellte, zu Unrecht verängstigt. Ich wurde in Kairo von Freunden in den Zug geschoben, und er fuhr los, sozusagen irgendwohin. Er fuhr durch irgendeinen Traum, auf der linken Seite des Zuges immer die Wüste, auf der rechten Seite das Grün des Nilufers, eine Fahrt durch ein Bild, und auch während des Schlafens im Schlafwagen konnte ich nicht aus diesem Bild aussteigen.

Ich teilte mein Abteil mit einem Ägypter. Ein sehr freundlicher Mann, klein, untersetzt, mit einem Bäuchlein. Er saß schon da, als ich einstieg, und er las in einem Buch. Später erklärte er mir, daß er viel lese, aber ausschließlich religiöse Bücher. Und er fragte mich, als ich dann las, ob mein Buch auch ein religiöses sei. Er war Feuerwehroffizier in der Feuerwehr von Kairo, und er fuhr nach Assuan zu einem Kongreß von Feuerwehrleuten – ein Weiterbildungskurs wohl oder so etwas. Er erzählte mir von seiner Familie, das ist relativ leicht, er erzählte mit Fotos. Der älteste Sohn studierte Medizin – vier Kinder, zwei Buben, zwei Mädchen.

Sobald es Tag wurde, stand ich auf, ging in den Aussichtswagen und fuhr durch dieses fast immer gleiche Bild, durch diesen Traum. Ich sah meinen freundlichen Kameraden des Schlafwagens nur noch kurz vor dem Aussteigen. Wir verabschiedeten uns und wünschten uns, auch Wünsche an die Familie, und dann war da ein Bahnhof, der auch Heidelberg, Salzburg oder Wil hätte heißen können, ein Ausstieg aus einem Traum sozusagen.

Und ich stand auf meinen Füßen auf dem Bahnsteig und war wieder ich selbst. Und da überfiel mich ein großer Schrecken, nicht einfach nur Verwunderung, sondern Schrecken. Erst jetzt fiel mir ein, daß der Feuerwehroffizier kein Wort Englisch gesprochen hatte. Er konnte nur arabisch, und ich konnte in dieser Sprache nicht einmal »ja« oder »nein« sagen, sondern nur »dankeschön«. Aber ich wußte mit Sicherheit, daß er Offizier war und zu einem Kongreß fuhr. Ich wußte auch, daß wir über eine Stunde miteinander gesprochen hatten, daß wir uns angeregt unterhalten hatten und daß er mir ausgesprochen sympathisch war.

Ich erinnerte mich aber nicht daran, wie er mir das mitgeteilt hatte. Das mit der Familie ist einfach, dafür gibt es Fotos. Aber ein Foto in Uniform – da war ich ganz sicher – hatte er nicht mit. Vielleicht einen Ausweis? Ich erinnerte mich nicht daran, ich erinnerte mich nur daran, daß wir angeregt mit-

einander gesprochen hatten – und er konnte nur arabisch.
Ein großer Schrecken – irgend etwas war nicht mit rechten Dingen zugegangen.
Hier in der Schweiz, wo ich wohne, treffe ich ab und zu einen, mit dem ich mich eigentlich nicht unterhalten könnte. Er gehört einer kleinen extremen Partei an, vor der ich mich – und wohl zu Recht – fürchte. Wir sprechen zwar das ähnliche Schweizerdeutsch, aber wir sprechen ganz und gar nicht dieselbe Sprache.
Immerhin, auch er erzählt von seiner Familie, von seinem Beruf, und er ist immerhin hier einer der wenigen, die sich überhaupt für etwas interessieren, für Politik zum Beispiel. Trotzdem, seine Politik würde mich erschrecken, und es erschreckt mich, daß ich ab und zu das Gefühl habe, ich hätte ihn verstanden.
Mir ist das eingefallen nach den Wahlen in Italien. Da haben wohl auch viele geglaubt, verstanden zu haben, alles verstanden zu haben; und wenn es schief gehen sollte, sie werden mit Recht wieder sagen können: »Wir haben es nicht gewußt.« Gewußt haben sie es nicht, sie haben es nur vorschnell verstanden.
Aber nichts gegen meinen ägyptischen Feuerwehroffizier. Er war wirklich ein freundlicher Mann. Wir haben uns wirklich gut verstanden. Trotz-

dem, eine Welt ohne Sprache ist eine erschrekkende Welt. Und jene, die sagen: »Schluß mit dem Gerede«, das waren immer politische Übeltäter.

Eine Kultur der Behauptungen

Fridolin war gut im Rechnen. Er belästigte alle Leute in der Kneipe damit, daß er sie aufforderte, ihm Rechenaufgaben zu stellen. Es kam selten vor, daß jemand das tat, und wenn, dann begann er wieder zu erklären, daß er sehr gut sei im Rechnen – im Kopfrechnen, sagte er, und er stellte sich unter Kopfrechnen etwas ganz Besonderes vor, nämlich nicht einfach Rechnen im Kopf, sondern eben in einem ganz besonderen Kopf.

Mag sein, daß er einmal wirklich gut war im Kopfrechnen, in der Schule damals – in was für einer Schule auch immer. Mag sein, daß er im Kopfrechnen vielleicht doch besser war als in anderen Fächern, mag sein, daß er nicht der Dümmste war. Seine Bitte um Rechenaufgaben ist inzwischen alltäglich, Resultate gibt es keine, aber sie werden hier in der Kneipe auch nicht verlangt, weder er noch wir kamen in den letzten Jahren dazu, zu kontrollieren, ob er immer noch ein guter Rechner ist.

Er war übrigens wirklich nicht in einer schlechten Schule, hatte die Prüfungen bestanden, ist heute noch stolz darauf. Er hat den Beweis, daß er gescheit ist. Wer einmal Kopfrechnen konnte

– man stelle sich das mal vor, richtig im Kopf –, der ist nicht dumm.

Inzwischen verbringt er sein Leben in einer Gesellschaft, die vom Lernen nichts mehr hält, sondern nur noch vom Wissen. »Du weißt ja nicht einmal, wie die Hauptstadt von Saudiarabien heißt«, und wer es nicht weiß, der ist dumm, und wer es weiß, der ist gescheit, und dann werden Zeugen aufgerufen, und dann wird gewettet, und man könnte das doch irgendwo nachschlagen, aber Bücher sind hier keine Beweise.

Lesen konnte er wohl selbstverständlich einmal, ohne diese Kenntnisse hätte er die Prüfungen damals nicht geschafft. Aber ich habe ihn seit Jahren nie lesen gesehen, weder die Lokalzeitung, noch den »Blick«, und wenn ihm jemand die Zeitung zuschiebt, dann hat er die Brille zu Hause vergessen. Ich habe ihn noch nie mit Brille gesehen, ich kann mir Fridolin mit Brille gar nicht vorstellen.

Aber er weiß alles und alles besser als die anderen. Und die anderen – das ist das Elend hier – wissen es auch besser. Es geht hier nicht um Lernen, es geht um Wissen. Wer es weiß – das Zufällige –, der hat gewonnen. So ist es im Quiz, so lernt man es im Radio und Fernsehen: Wer es weiß, ist ein Hirsch. Wer es lernen muß, ist dumm. Es gibt hier in der Kneipe keine Gespräche mehr, es gibt nur Behauptungen. Es gibt keine Diskussionen, es gibt nur das Ja und das Nein, das Richtig und das Falsch.

Fridolin besitzt auch ein Lexikon. Er kann es nicht benützen. Er weiß nichts von einer alphabetischen Ordnung, aber wenn er mit seinen Behauptungen in Schwierigkeiten kommt, weist er doch darauf hin, daß er das Wissen (das Lexikon) besitzt.

Die Rekrutenprüfungen in der Schweiz haben genau dieses Bild ergeben. So ist es. Damit haben wir uns abzufinden. Ich fürchte, dagegen gibt es noch lange kein Mittel, vor allem auch, weil es die Parteien und die Politiker, die von diesem Elend profitieren werden, bereits gibt – und sie werden profitieren.

Es wird nicht mehr diskutiert, es wird behauptet. Politik ohne Argumente, das ist die Politik der Analphabeten. Einer weiß alles, und er weiß es ganz genau. Ihm glaubt man.

Sprechen wir mal nicht vom Schweizer B., sondern vielleicht vom Italiener Berlusconi. Er weiß es, und er kann es. Und er ist für alle, die wissen wollen und nicht zweifeln wollen, eine Hoffnung. Die Hoffnung nämlich, daß nun so, wie »wir« sind, endlich alle sind. Nicht der Analphabetismus an und für sich ist beängstigend, sondern nur, daß er – endlich – opportun wird.

Im Kanton Solothurn wurden kürzlich attraktive Autonummern versteigert – der Staat als dümmlicher Krämerladen oder die Verstaatlichung der Korruption? Die Nummer 1 hat ein Lehrer für eine Unsumme ersteigert, und die Nummer 2 gehört auch einem Lehrer, und sie fahren wohl stolz damit herum. 1 und 2 sind einfache Nummern, und Autokaufen ist auch einfach und Autofahren auch – vielleicht ist auch das eine Art von Analphabetismus. Arme Schüler.

Titelbilder

»Seit ein paar Stunden bin ich in New York, in dieser überaus intimen geometrischen Stadt, erbaut in babylonischem Stil und von Amerikanern bewohnt«, beginnt Ennio Flaiano, der langjährige Drehbuchautor von Fellini, sein Buch »Melampus«. Nun soll New York doch etwas ganz anderes sein als Amerika, und es ist wohl ganz anders, aber eben doch von Amerikanern bewohnt, die sich irgendwie gegen diese chaotische Stadt nicht durchsetzen können.

»Amerika: Ich habe alles über Amerika begriffen, am ersten Tag, an dem ich zum ersten Mal dort ankam; aber jetzt begreife ich nichts mehr«, schreibt Flaiano.

Letzte Woche fand hier in den Medien die 50-Jahrfeier des D-Days, der Invasion statt, den ganzen Tag kam am Fernsehen bis zum Überdruß immer wieder dasselbe Bild, dasselbe Interview mit einem Veteranen, derselbe Ausschnitt aus Clintons Rede. Irgendwie gelang es nicht, die Sache zu aktualisieren. Dabei war es damals ein wunderbares Ereignis für eine ganze Welt. Erstaunlich auch, wie wenig Hintergrundinformationen dazu geliefert wurden. Selbst beim Stanley-

Cup im Eishockey fällt den Amerikanern mehr Geschichte ein. Der Zwang zur Aktualisierung macht alles schal, und die Reportagen über den D-Day erinnerten mich an eine andere »Aktualität« vor zwei Wochen, den Tod von Jacqueline Kennedy Onassis.

»Sie ist«, sagte Präsident Clinton, »ein Vorbild für Amerika, ein Vorbild für die ganze Welt.« Und ich frage mich, ein Vorbild für was? Wir leben offensichtlich in einer Welt – und dies nicht nur hier in Amerika –, in der Prominenz alles ist. Jackie war prominent, und daß sie prominent war, das hält man wohl für vorbildlich. Übrigens war nirgends ein Bild von ihrem zweiten Mann zu sehen. Selbst die seriöse und fast unbestechliche Times verschwieg den Grund des eigenartigen Namens Onassis – denn Jackie hatte inzwischen Eigenschaften bekommen, die nicht zum Jetset passen wollen: Bescheidenheit, Zurückgezogenheit usw. usw. Sie ist nun die wunderbarste, die einfachste, die selbstloseste Frau überhaupt. Ein Vorbild für die Welt? Niemand hier denkt daran, daß das abgeschmackt und lächerlich sein könnte.

So ist halt denn auch Senna ein Vorbild für die Welt wie Mutter Teresa, wie Peach Weber oder Dürrenmatt. Alles schön in denselben Topf: Skifahrerinnen, Heilige und Gangster. Prominenz ist alles, und Prominenz unterscheidet sich von Pro-

minenz nicht. Zum Schluß ist alles schal, alles gleich und alles einigermaßen langweilig.
Als ich darüber mit einigen amerikanischen Studentinnen und Studenten sprechen wollte, waren sie entsetzt. Alle von ihnen waren von der einmaligen Größe von Jackie überzeugt. Und als ich dann wissen wollte, was diese Größe sei, sagte eine durchaus gescheite, gebildete und sonst kritische Studentin: »Sie hat sich beim Tod von Kennedy so wunderbar benommen.«
Davon wußte ich nun allerdings nichts. Aber ich erinnerte mich an meine Erschütterung nach dem Tod von Kennedy, und daß mich das Bild der jungen Witwe in Schwarz mit ihren kleinen Kindern auch rührte. Ich erinnere mich aber auch an das amerikanische Entsetzen darüber, daß sie Onassis heiratete. Onassis gibt es inzwischen für die Amerikaner nicht mehr. Und eigentlich – ein paar Tage später – auch Jackie nicht mehr, vergessen, wohl für immer. Auch die Vorbilder sind kurzlebig geworden, auch die »Vorbilder für die ganze Welt«. Denn Vorbild heißt offensichtlich heute nur noch Titelbild.
Übrigens kenne ich den Mann, der die Familie Kennedy damals fotografierte. Er ist über Nacht sehr reich geworden. Das ist ihm zu gönnen, er ist ein freundlicher und lustiger Mensch.

Aha, das ist Aarau

Das schönste Kompliment für New York hörte ich einmal von einem vierjährigen Mädchen in Philadelphia. Aufgefordert von seiner Mutter, mir zu erklären, welches »her favorite town on earth sei«, sagte es mit strahlenden Augen »New York«. Und als ich sie fragte, warum, sagte es: »There is a store up 81st Street, where you get a piece of sausage for free – dort gibt es einen Laden, wo man ein Rädchen Wurst gratis bekommt.« Was für eine wunderbare Stadt! Und ich erinnerte mich an jenen Metzger, der in meiner Kindheit mit einem Rädchen Wurst Olten für mich damals zu einer wunderbaren Stadt machte.

Wenn inzwischen ein Fremder »meine« Stadt Solothurn lobt, werde ich verlegen, und ich stimme ihm nur aus Höflichkeit etwas halbherzig zu. Jedenfalls wird all das, was er lobt, nicht das sein, was ich als Einheimischer an Solothurn mag – vielleicht halt eben auch »a piece of sausage for free«, einen Menschen, einige Menschen, eine Beiz, einige.

Fassadenästhetik, was wohl in der Regel die Fremden zu loben haben, erhöht das Wohlbefinden der Einwohner wenig. Aber es gibt Dinge und Sachen

und Menschen, die ich mag, und Menschliches auch. Mit dem Satz »Solothurn ist wunderbar« weiß ich wenig anzufangen.
Die New Yorker reagieren dann auch genau so verlegen, wenn ich sage: »New York ist wunderbar«, und ihre irgendwelche Antwort ist von einem Schulterzucken begleitet.
Als ich vor zwei Jahren hier war, schlief ein Obdachloser vor meinem Haus. Er ist nicht mehr hier – gestorben, oder weil es Sommer ist, oder ist er vertrieben worden? Ich weiß es nicht. Der Bettler an der Ecke ist ein anderer, aber er ist jetzt der Bettler. Alles, was jetzt ist, ist jetzt New York – und eigentlich für immer. Als Tourist nimmt man die Umgebung wahr wie ein Kind: Alles ist einfach so, und alles wird für immer so sein. Der Großvater ist alt, er war es schon immer, er war schon immer ein Großvater und wird es für immer sein – endgültig festgelegt wie etwa Humphrey Bogart im Film, er bewegt sich immer noch wie Bogart, ist immer noch so jung wie Bogart, auch viele Jahre nach seinem Tod. Vielleicht ist es auch das, was Kino so schön tröstlich macht, daß der Film endgültig ist und letztlich nicht beängstigend, weil er sich nicht mehr verändern wird.
Wir kommen in eine fremde Stadt und sagen: »Aha, das ist Barcelona – aha, das ist Oslo – aha, das ist Aarau!« Und der Einheimische kann sich

nicht mit dem Satz dagegen wehren: »Nein, es war auch schon mal anders, ich war hier mal ein Kind, ich habe jene wunderschöne Kneipe gekannt – es war hier mal anders, ich habe kürzlich einen Freund verloren.«
Es gäbe wirklich einen Grund, umzuziehen – nach Aarau zum Beispiel, ich kenne Aarau nicht –, denn mitunter ist es gar nicht so leicht, mit den anderen älter zu werden, eine eigene Geschichte zu haben, die man viel mehr an den Gesichtern der anderen ablesen kann als am eigenen.
Umziehen in eine völlig neue Stadt, die schon immer so war, in eine Stadt, wo die Siebzigjährigen schon immer alt waren, wie es mein Großvater war, in eine Stadt, wo die Sterbenden schon immer Sterbende waren und es für immer sein werden.
Doch, ich liebe New York, ich fühle mich hier frei. Auch diesmal bin ich wieder hierher gekommen, um für mich zu arbeiten, zu schreiben – es gelang wiederum fast nicht. Wo alles einfach so ist, wie es ist, wo niemand älter wird, wo sich nichts verändert, wo letztlich nichts zum Ärgernis wird – da fehlen die Geschichten. Und irgendwie ist Ferienmachen doch immer wieder so etwas wie Aussteigen aus dem Leben. So ärgerlich das auch immer ist, das Leben findet zu Hause statt, wo die Nachbarn eine Geschichte haben, wo man die Siebzig-

jährigen sieht, die man schon als Zwanzigjährige gekannt hat. Wer in Geschichten leben will, setzt sich auch in ihnen gefangen.

Von den ganz anderen

Wir sprechen von Jimmy, seit er nicht mehr lebt, haben alle nur Gutes über ihn zu berichten: Wie er es einfach nicht lassen konnte, Autos zu klauen, und wie er es nicht lassen konnte, alle geklauten Autos zu Schanden zu fahren, wie er bündelweise Geld in den Taschen hatte und wie er die Richter fast zu Tränen rühren konnte. Auch ich verspüre ein bißchen Stolz, daß ich mitreden kann, daß ich ihn auch noch – und zwar gut – gekannt hatte; denn es sitzen auch andere da, die ihn nicht kannten und die man nun damit beeindrucken konnte, daß man mit so einem Tausendsassa irgendwie befreundet war. Einmal traf er im Bahnhofbuffet einen, der eben nach Ägypten in die Ferien reiste, da ging er einfach mit, kaufte sich mit dem letzten Geld eine Flugkarte, hatte kein Gepäck und nichts – und schimpfte, als er wieder hier war, auf die Schweizer Botschaft, die ihm dort noch Fragen stellte, bevor sie ihn wieder zurückschob.
Ja, ja – der Jimmy, und dann der Erwin und der Klaus und der Hugo: eine ganze Galerie von mehr oder weniger harmlosen Kleinkriminellen, die immerhin immer wieder irgend jemand schädigten und letztlich immer wieder uns alle.

Aber warum erzählen wir so begeistert von ihnen? Warum sind wir plötzlich – und hinterher – so stolz auf sie? Oder anders gefragt – und die Frage nützt wenig –, was für Bedingungen müssen Kleinkriminelle erfüllen, damit sie uns sympathisch sind?

Johann Peter Hebel, der brave Pfarrer und Dichter im frühen 19. Jahrhundert, hat in seinem »Rheinischen Hausfreund« immer wieder die frechsten Geschichten über den Zundelfrieder erfunden, einen gewitzten Dieb und Gauner, und er hat in diesen Geschichten immer wieder auf eine Moral verzichtet. Trotzdem, man hat nicht den Eindruck, daß er sie nur zur Belustigung und Unterhaltung geschrieben hätte.

Zundelfrieder gehörte wohl einfach zur Vielfältigkeit des Lebens. Es sind eben nicht alle Menschen gleich, und es gibt Füchse und Schlaumeier unter ihnen, die schaden zwar ab und zu ein bißchen wie andere Schädlinge auch, aber sie bringen auch ein bißchen Farbe in den grauen Alltag – wenn vielleicht auch nur damit, daß man eben von ihnen erzählen kann.

Jene, mit denen ich über Jimmy spreche, sind sonst nicht besonders tolerante Leute und auch sehr schnell zu rassistischem Verhalten und rassistischen Bemerkungen bereit. Jetzt werden sie plötzlich zu guten und freundlichen Erzählern, und es

kommt ein bißchen Freude auf am Tisch. Es lohnt sich, sich zu erinnern – und wenn es sich zu erinnern lohnt, dann lohnt es sich auch zu leben.
Jimmy war auch einer von ihnen, einer von uns. Er gehörte keiner Gruppe an, war kein Homosexueller, kein Drögeler, kein Ausländer, kein Türke – er war eben nur Jimmy. Und nur Jimmy war Jimmy.
Wir mochten ihn alle nicht besonders, als er noch lebte. Keiner hätte sich für ihn verbürgt. Aber das war auch nicht nötig, er war selber jemand, kein Guter, aber selber jemand.
Daß alle Menschen gleich sind, das scheint mir mehr und mehr ein rassistischer Satz zu sein. Die Menschen sind nicht gleich, sie sind total verschieden, jeder Mensch ist selber einer. Davon geht die Demokratie aus, daß ganz verschiedene dieselben Rechte haben, auch die Eigenartigen, auch die Eigenwilligen – und selbst dieser fürchterliche Jimmy.

Nein, ich bin nicht so wie Jimmy, und ich möchte nicht so sein wie Jimmy. Ich bin froh, daß die meisten nicht so sind wie Jimmy. Ich bin froh, daß die Menschen nicht alle gleich sind. Jimmy – der Solothurner – gleicht mir – dem Solothurner – nicht. Der Türke gleicht nicht einem Türken, kein Schweizer gleicht einem Schweizer, ich bin ganz selber jemand – und du auch. Und keiner ist einfach nur so wie die Gruppe, zu der er gehört. Jeder hat das Recht, als einzelner betrachtet zu werden, als einzelner, als einzelne geliebt zu werden, gehaßt zu werden, gemocht zu werden und nicht gemocht zu werden. Ich weiß gar nicht, ob ich nun Jimmy mochte – ich kannte ihn halt, und er war halt da.

Ein vergessenes Land

Eine Reise in eine Gegend, die ich mir nie ausgewählt hätte, eine Reise sozusagen nach irgendwo. Und selbstverständlich hat man Vorstellungen von dieser Gegend – nicht eigentlich Vorurteile, aber Vorstellungen. Es gibt Länder, in die fährt man ohne Grund: Frankreich, Amerika, Italien oder Mallorca. Da gibt es bestimmte Vorstellungen, und die Erlebnisse werden sich mit den Vorstellungen einigermaßen decken. Es gibt irgendwelche Sehnsüchte: die Sehnsucht Frankreich, die Sehnsucht Mallorca – oder für Amerikaner zum Beispiel die Sehnsucht Schweiz.

Prag zum Beispiel kann auch eine Stadt der Sehnsüchte sein. Prag hat eine Geschichte, und die tschechische Republik hat einen Präsidenten – Havel –, den man in der Welt kennt. Er war der Präsident der Tschechoslowakei, bevor der eine Teil unabhängig sein wollte. In diesem einen Teil war ich, fast am anderen Ende unserer Welt, an der Grenze zur Ukraine.

Die Slowakei, ein inzwischen fast vergessenes Land, das auch irgendwie fast vergessen bleiben wird. Selbst seine Lage auf der Landkarte stellt man sich falsch vor.

Wer hier Ferien macht, der macht hier wohl Ferien, weil es billig ist, dreckbillig. Jede Rechnung im Restaurant erscheint als Irrtum. Es kostet alles sozusagen nichts. Bereits aber liefern vor dem Hotel die Kleindealer den größeren Dealern ihr Geld ab. Sie sprechen deutsch. Der Westen ist angekommen – nicht mit den erwarteten Investitionen, sondern mit den miesen Kleingeschäften. In der Hotelbar sitzen die westlichen Möchtegern-Geschäftsleute, jene, die glauben, daß man aus der Vergessenheit dieses Landes etwas herausholen könnte.

Unter solchen Bedingungen ist Armut zu erwarten, sichtbare Armut. Ich habe (fast) keine gesehen. Die Städte sind belebt, sie wirken noch westlicher als die westlichen. Sie wirken so wie der Westen in den Zeiten der Hochkonjunktur (50er, 60er Jahre). Dabei ist hier alles, was für uns so beschämend billig ist, für die Slowaken unerschwinglich teuer. Ein Gymnasiallehrer verdient 300 Franken im Monat. Was ist das für eine Welt?

Eine Gegend, die immer wieder betrogen wurde, von den Ungarn vor dem Krieg, von den Deutschen, den deutschsprachigen, von den Tschechen wohl auch, vom Sozialismus, der Spuren hinterlassen hat, die lange bleiben werden: vorprogrammierte Armut in Wohnsilos. Und dabei Autos wie

bei uns, und nicht wenige, auch der Reichtum ist eingekehrt hier, hat sich eingenistet in der Armut.
Am nächsten Wochenende sind die Wahlen. Es werden wohl jene gewählt, die an der Macht waren, die es schon immer waren. Ihr politisches Angebot heißt »Unabhängigkeit«. Ein Angebot, das wir Schweizer gut kennen und das wir in einigen Abstimmungen der letzten Zeit so tapfer verteidigt haben – koste es, was es wolle.
Ich habe mich in der Slowakei auch nicht sehr fremd gefühlt, die Menschen erinnern mich an Schweizer, die Landschaft erinnert mich an die Schweiz. Und dann auch die hartnäckige Verwechslung von »Unabhängigkeit« und »Freiheit«. Für beide Länder hat diese Verwechslung eine Geschichte. Auf der einen Seite die gute Erfahrung, die die Schweizer in zwei Kriegen mit der Unabhängigkeit gemacht haben, auf der anderen Seite die schlechte Erfahrung, die die Slowaken in derselben Zeit mit der Abhängigkeit gemacht haben.
Unabhängigkeit kann zwar unter Umständen die Voraussetzung zur Freiheit sein. Vergessen sein in Armut aber ist keine Freiheit. Man braucht die anderen, auch die anderen Länder, um zu leben. Und wer nicht mitmachen kann oder will, wird mißbraucht.

Immerhin, und das hat mich überrascht, die Leute in der Slowakei leben. Und wüßte man nur das, was man sieht, man würde annehmen, die leben gut. Ob die Schweiz unter solchen Bedingungen auch noch so aussehen würde?

Mein Kollege F. G.

Mein Kollege, den ich herzlich liebe, mein Kollege F. G. ist drogenabhängig. Wenn ich ihn zu suchen hätte, dann hätte ich ihn am Letten zu suchen oder auf einem entsprechenden Platz in einer Schweizer Kleinstadt. Ich würde ihn antreffen, schmutzig, ausgemergelt und kaum ansprechbar. Vielleicht würde er mich anbetteln auf der Straße, oder er würde einer alten Frau die Tasche entreißen. Eigenartig ist nur, daß er schreibt. Er veröffentlicht jedes Jahr ein Buch, er schreibt wunderschöne Geschichten für Zeitungen und Zeitschriften. Redaktoren kümmern sich um ihn und drucken seine Sachen gern. Er ist ein leidenschaftlicher Briefschreiber, führt Briefwechsel mit vielen Leuten, und er wird bestimmt – später – zu den berühmtesten Schweizer Autoren gehören. Es werden über ihn Dissertationen geschrieben werden, seine Romane werden verfilmt werden, an Universitäten werden über ihn Seminare gehalten. Daß er ein schweres, ein verdammt schweres Leben gehabt haben wird, das wird ihn noch interessanter machen, daß er betrogen und gestohlen hat und inhaftiert wurde, in Gefängnissen saß und interniert wurde – all das wird ihn zusätzlich interessant machen. Für ihn selbst stellt sich das vorläufig nicht so dar. Er kann sich nicht einmal vorstellen, daß er dereinst berühmt sein wird. Er hat andere Sorgen. Die Sorge, wie er zu seinem Stoff kommt, und zu seinem Stoff kommt er hier am Letten. Woher er die Kraft nimmt zum Schreiben, zum Schreiben von großen Romanen? Wo er überhaupt den Platz findet, es zu tun auf seiner kleinen Hermes-Baby? Ein Wunder! Professoren werden sich mit ihm beschäftigen, Interpreten werden gescheit über sein Werk schreiben, viele werden ihn lesen – später –, Tausende werden seine Verfilmungen anschauen. Aber vorläufig ist er noch am Letten.

Ja, an dieser Geschichte stimmt etwas nicht. Ja, am Letten leben keine solchen Leute. Und sollte der Letten geschlossen werden, dann werden auch anderswo in der Szene keine solchen Leute wohnen.

Als mein Kollege F. G. – Friedrich Glauser – morphiumsüchtig war, gab es noch keinen Letten, aber Morphinisten gab es schon damals. Es bleibt ein Wunder, wie er trotz und neben seiner Sucht zum Schreiben kam. Er hat sich ruiniert, selbstverständlich. Er ist 1938 im Alter von 42 Jahren gestorben. Die Drogen – auch die Drogen – haben ihn umgebracht.

Er hatte ein schreckliches Leben, aber er hatte –

immerhin – ein Leben. Das einzige, was ihn unterschied von seinen heutigen Leidensgenossen, das ist, daß er sich ausschließlich legale Drogen beschaffte, die legal hergestellt wurden, in legalem Besitz waren. Er hat sie sich zwar illegal beschafft, das gab viele Schwierigkeiten. Aber er hatte sein ganzes Leben lang nie in einer Szene der illegalen Drogen zu leben. Es ging ihm zwar dreckig, aber er lebte nicht im Dreck.

Was er tat, das war illegal, vielleicht noch illegaler als heute, noch unverständlicher, aber er hatte nicht mit Illegalen, mit der Geldmafia zu tun.

Ja, ich meine die Legalisierung.

Denn dieser Glauser wäre nach heutigen Bedingungen am Letten – jener Glauser, der mit Behörden und Polizei ein Leben lang nur Mais gehabt hat. Jener Glauser, der trotzdem den gemütlichsten und menschlichsten Polizisten erfunden hat: Wachtmeister Studer. Er, der Heimatlose, hat mit ihm ein Stück Heimat gefunden. Ein kleines Stück davon muß er auch ab und zu erfahren haben. Er unterscheidet sich sehr von all jenen Hoffnungslosen, denen wir so hoffnungslos gegenüberstehen. Und eigentlich unterscheidet ihn nur etwas von ihnen – die Art der Beschaffung.

Drogen waren zu seiner Zeit noch nicht das große Geschäft, noch nicht der riesige Geldfluß. Auch Glauser war krank, er hat gelitten. Er war genauso krank wie seine heutigen Leidensgenossen. Er war es nur in einer anderen Zeit. Ich bin jedenfalls dankbar, daß ich mir meinen Rotwein legal beschaffen darf und daß er legal hergestellt wird. Und ich bin froh und dankbar, daß Friedrich Glauser dabei noch die Kraft fand, zu schreiben. Ich bestaune ihn dafür, daß er die Kraft hatte, uns einen guten, braven und gemütlichen Polizisten zu schenken: Wachtmeister Studer. Würde er heute leben, ich wäre dafür – wer nicht? –, daß man ihm eine Chance gäbe. Das Sondergesetz für Ausländer jedenfalls ist diese Chance nicht. Das Geschäft wird bleiben, und das Geschäft macht wirklich krank. Sollten es dereinst nur Schweizer betreiben, nichts wäre damit gewonnen. Soll ich sagen, im Gegenteil? Ja, im Gegenteil. Denn ans Geschäft gewöhnen sich Schweizer schnell.

Du hast nichts verpaßt

Wir treffen uns immer am Neujahr bei einem Freund, alle freuen sich darauf, aber alle haben wohl auch ihre Mühe mit dem »Immer wieder«. Nichts kommt so schnell immer wieder wie unser Neujahrstreffen, wie Weihnachten und Neujahr – kein Frühling, kein Sommer, kein Herbst. Der Winter ist lang, der Sommer ist lang – nur das Jahr nicht.
Otto F. ist gestorben in diesem Jahr – im September – und bereits ist auch das lange her, schon fast sehr lange. Ich habe ihn schon Dutzende von Malen nicht mehr getroffen in der Beiz. Und trotzdem, das Jahr, in dem er starb, war kurz – auch wenn er vor einem Jahr noch nichts, noch gar nichts von seiner Krankheit wußte. Das ist alles schon sehr lange her – mein erster Besuch im Spital, unser gemeinsames Hoffen, unser lustiger letzter Spaziergang – bereits Erinnerung, bereits weit weg. Und das Jahr war kurz, schon wieder Neujahr.
Im Sommer hat das noch nie jemand gesagt: »Schon wieder Sommer«, und »schon wieder Frühling« sagen wir auch nicht. Und ich frage mich, ob das Jahr auch für die Leute in Sarajewo,

im Sudan, irgendwo in der ehemaligen Sowjetunion, im Irak ein kurzes war.

Weihnachten, so wissen wir, soll ein grauenhaftes Fest sein für Einsame – ein kleines bißchen sind wir alle wohl einsam, und so ist es halt dann ein kleines bißchen für alle ein kleines bißchen ein grauenhaftes Fest. Daß wir das Jahr als kurz empfinden, das ist wohl dann letztlich doch die Summe unserer Gelangweiltheiten. Wir haben uns ein Jahr lang gelangweilt mit Fußball-Weltmeisterschaften (mit glänzenden und gefeierten), mit Rekorden und Niederlagen, mit Schiffskatastrophen und Kriegen, mit NEAT und EU – und vor allem mit uns selbst.

Ich stelle mir vor, daß es klopfen würde an meiner Tür – gleich jetzt –, und Otto F. würde eintreten, zurückgekehrt, und sein »so« sagen. Er hätte wohl mit Recht den Eindruck, daß ich sehr viel länger gelebt hätte als er, drei Monate länger, und er würde mich mit Recht fragen: »Und – und was ist passiert in diesen drei Monaten?« Beschämt müßte ich gestehen: »Nichts, gar nichts, nichts Besonderes – alles dasselbe.«

Was würde ich meinem Freund H., der vor 14 Jahren gestorben ist, erzählen? »Du hast nichts verpaßt, gar nichts«, würde ich ihm sagen, und er würde böse, und er würde mich anschreien, denn er starb jung, und er hätte sehr gerne länger gelebt, und er hätte gelebt, und es hätte ihn interessiert. Ich würde ihm sagen: »Die Sowjetunion gibt es nicht mehr, die DDR gibt es nicht mehr«, und er könnte sich das im ersten Augenblick nicht vorstellen, und schon im zweiten wäre es für ihn so, wie wenn er es schon immer gewußt hätte. Er wäre übrigens heute noch, nach 14 Jahren, der Belesenere, und was er damals wußte, das wäre noch heute fast das ganze Wissen der Welt. Ich hätte heute noch ihn zu fragen, und nicht er mich.

Und selbst, wenn Goethe zurückkäme, ich hätte ihn wohl immer noch mehr zu fragen als er mich – er wüßte wohl noch immer mehr von dieser Welt als ich –, und das bißchen mehr Technik – Flugzeug und Computer – würde ihn wohl nicht so sehr überraschen. Er war Naturwissenschaftler, ein interessierter Mensch.

Enttäuscht wären andere, Schiller etwa, der sich eine bessere Welt vorstellen konnte und wollte. Jean Paul, der im frühen 19. Jahrhundert an unser Jahrhundert, an das 20. Jahrhundert, glaubte. Enttäuscht wäre Marx – nicht, wie wir glauben wollen, über den Zusammenbruch der Sowjetunion, sondern über den Zustand der Welt, darüber, daß seine Beschreibung der Welt immer noch, und wieder zunehmend, zutrifft, das würde ihn nicht freuen. Und enttäuscht wäre – sollte er ein Mensch gewesen sein – jener Jesus von Nazareth, der an die Menschen und an das Leben glaubte. Überrascht wären sie wohl alle trotzdem nicht.

Oder gab es vielleicht doch Zeiten, und gibt es vielleicht noch Kulturen und Gegenden ohne diese grauenhafte Gelangweiltheit, die uns ein ganzes Jahr wie weggeschmolzen erscheinen läßt, ohne diese schale Gelangweiltheit, an die uns die Festtage Jahr für Jahr erinnern. Jedenfalls, so oder so, diese ungeliebten Festtage haben wir uns als Erinnerung an unsere Gelangweiltheit selbst verdient.

Max Frisch hat in einem Fragebogen die Frage gestellt: »Wen, der tot ist, möchten Sie wiedersehen?« Ich möchte dem anfügen: »Hätten Sie den Mut, jenen wiederzusehen, der selbst so gern noch gelebt hätte – und Sie hätten ihm nichts zu erzählen?«

Inhalt

1990

1991

Alle in diesem Buch versammelten Kolumnen erschienen erstmals in der »Schweizer Illustrierten«.